EX-LIBRIS

我们爱南开

致知格物

一位中学校长 给
青少年的三门人生课

田祥平 著

重庆大学
出版社

序 格物致知：一位好校长的源代码

叶翠微
海亮教育集团党委书记、总校长

田校长是我认识的校长朋友圈中一眼就能让我读"码"的人。

他身上有"三码"。

一码"作"。"作"是杭州的俚语，著名作家张抗抗把它理解为人的"自作奋为"。田校长"作"于"格物"，玩课程、玩社团、玩课堂、做课题，追求极致，让南开人既有一份心性，又有一份行动，知行合一。这样一份"作"，教师喜之，学生乐之，家长悦之。"作"得好！一个好校长讲究的应该是这份"作"劲。

二码"迂"。何谓迂？快节奏的社会难免让人烦躁，正如重庆七八月的天，他却偏偏守着校园，守着自己心头的"致知"。借重庆南开这方水土，他不信邪、不跟风、不起调，终日沉浸在自己理想的劳作中，在"精致的利己主义"的投影下"迂"态百出，但也是十分之难得。中国科学技术大学原校长朱清时院士也"迂"得很，硬是不跟风办学，却恰恰成就了中国科大的风骨。田校长所为，亦然。

三码"雅"。田校长曾留学日本，自通西文，温文尔"雅"。重庆人的麻辣烫似乎"烫"不去这份"雅气"。由于这份雅气，他视野开阔、中西融合、格物致知。这是重庆南开之幸，也是西南大地之幸。

故，我以为一位好校长应有这样的源代码。

学到老才能活到老

田祥平

一位 93 岁的老爷爷，用英语与外国人聊天，他发音标准，口齿清晰，这一幕被人在上海静安公园拍到。面对镜头，他说："Stops learning is old, keeps learning stays young."（停止学习让人衰老，不断学习才能永葆青春。）他每个周末都会来公园和外国人交流，练习口语。

人与动物的根本区别是人类能把知识、文化以特定的方式传给一代又一代，使人类文明屹立在这颗蓝色星球上，这得益于人类是一个强大的学习型组织。学习型组织的最终目标是达成每个团队成员自我能力的完善，让学习成为团队愿景。团队中的每一个成员都负有建设学习型组织的责任，使学习成为我们生活的一部分，深度学习、思考，然后创新。《玫瑰之名》的作者、意大利作家安伯托·艾柯说："不读书的人只过了一生，读书的人过着 5000 种生活。"这里的读书也许就是指学习吧?! 学习将带给我们不一样的世界。

在教室里学习的时间相对于一生的学习时间来说还是太短，学习不只是学生时代的事，也不只是在学校才能进行的活动。如果英国生物学家、进化论的奠基人达尔文不随"小猎犬"号舰环球考察就不会有《物种起源》，正如《礼记·大学》里说"致知在格物，物格而后知至"一样，也就是我们常说的"格物致知"。"终身学习"不再是墙上的一幅标语，也不只是一种观念，一次聊天、一餐饭、一本书、一句诗、一幅画，都可以化为我们的动力，让我们成为比昨天更优秀的自己。这就是学习的力量。

当然，学习也有"痛苦"。学习后，周围的世界并不会马上变成你想要的样子，但是你已不是原来的你，它会让你保持清醒。学习的意义在于，它能给爱学习的人提供更多想象不到的可能，而这些可能就像蓄势已久的火山，突然间爆发，世界也会更接近你想要的样子。

人们常说"活到老学到老"，其实正确的说法应该是"学到老才能活到老"。

Contents
目录

读万卷书

行万里路

品万般味

读万卷书

READS AS MANY AS
TEN THOUSAND BOOKS

爱国从小事做起

在我们的教育中，毋庸讳言，爱国主义是必要且必须的。我们需要解决的问题是，如何把高大上的、看似抽象的家国情结转化为鲜活的细节，转化为日常的生活习惯，渗入学生骨血。

关于这个问题的回答，让我回忆起曾经在新加坡访学时，参加校园举行的国庆庆典。当时各个学校的爱国主义画面，至今仍随着我的记忆和思绪生动立体地呈现在我的眼前。新加坡文礼中学的国庆活动，首先是学校营造起盛大庆典的氛围——热烈、庄重而神圣。学校鼓励学生们穿上有新加坡国旗颜色的服装——红白色，老师们当天也穿红色或白色衣服。后来跟队到林景中学，首先映入眼帘的是"Happy Birthday Singapore!"这句祝福祖国的话语，学生们自发创意地将写满了爱与深情的张张卡片组成了一面国旗。卡片上的爱国理由也是简单而美好：有的是能在新加坡吃到各色美食，有的是能在新加坡看到来来往往的船只，还有的是最爱新加坡街道干净的样子。多么具体的爱国理由，这些理由虽然很小，但从中可以看到孩子们对祖国真挚的情感,因为情感的产生很多时候正是由小事激发的。"爱国从小事做起",我们是否也可以借鉴。

南开一直以"公能"立校,总是通过"大格局、小教育"将家国情怀传递给广大学子。众多南开学子,在国家危难时,投笔从戎;在国家需要时,义无反顾。这些历史画面层层叠加,丰富、厚重而深刻。南开的爱国教育,首先是通过校园文化建设形成健康、有益、正向的能量场氛围。可深掘学校的名人资源,将其转化为育人资源,用学长们的生动事迹形成对学弟学妹们的强烈感召力。爱国是正义的事情,不要藏着掖着,但也不要一来就高谈阔论,这样可能会起反效果。其次,我们可以用入心、暖心、走心的动漫宣传手册,从个体爱班级、爱校、爱社会等细节开始呈现,贯通个体—家庭—集体—国家,遵循由小到大、形式多样的传导路径,把身边自发的细节转化为爱国的自觉。其实,这也是对教育者和管理者智慧的考量。

爱孩子，就给他温暖的陪伴

孩子的优秀并不是与生俱来的。

孩子的世界观在 6 岁之前就已经建立，所以，家庭教育极其重要。如果家长帮助孩子树立良好、正确的世界观，他就是积极的、健康的；如果孩子建立了错误的认识，他或许就是消极的、自卑的。

不可否认，父母爱孩子天经地义，付出爱也是理所当然。但我们在爱的过程中，是否缺乏足够的理性？尤其是随着独生子女越来越多，父母的工作压力越来越大，父母寄托在孩子身上的东西也越来越多，各种各样的才艺轮番充斥着孩子的童年：为了身材好学跳舞，为了陶冶情操学钢琴，为了提升气质学指挥……我们爱孩子，却并不教他们做人的规矩；我们希望他们成才，却并不舍得放手让他们去飞。作为父母，我们在谈恋爱的时候还善于表达爱，但到了孩子那里，爱就成了没有底线。

为什么不把爱转化为陪伴？为什么不放慢脚步，用更多的时间来陪伴孩子？哪怕是陪孩子做一道他们最爱的菜肴，或者是和孩子结伴来一次郊游，又或是与孩子进行一次谈心。事实上，这些在日后能让孩子或自己回过头想起的"片断"，便是父母对孩子最长情的告白，也是最幸福的教育。

不会弯曲的树都被风吹断了

昨夜风大雨急。清晨，刚走进校园，出现在我眼前的是一棵倒在花台上的树。凌乱的树枝和树叶在主干道上无章无序地散落着。这棵树需两人环抱，看样子它应该熬过了几十个春秋，挺过了几千个狂风暴雨的夜晚。然而今日，它却轰然倒下了，虽然没有连根拔起，但却从躯干吹断，元气大伤。我走近细细观察，让我疑惑的是这一行大树，为何唯有这棵树被拦腰吹断？为什么受伤的单单是它？我将断树和周围的树细细对比后，我做了一个大胆的猜测：在这一行树中，独数这棵树树干最为壮实，但这也许就成了它最为致命的弱点——强劲有余，韧性不足。一遇大风不会弯曲，命运使然。

树是这样，人是不是亦是如此呢？放眼校园中一些偶发的冲突：学生与学生发生过的争吵，学生与家长发生过的争执，学生与老师发生过的争辩，老师与管理团队发生过的争衡……这些冲突本可避免和消解，但当冲突发生时，我们立马变身刺猬，迫切地想保护自己，让我们坚硬、锐利的刺深深地扎进了他人的心，从而加剧了冲突。细想我们有时其实就像这棵太过壮实的树，忘了弯曲。

　　《道德经》有言："曲则全，枉则直；洼则盈，弊则新。"表面强势的人徒具强者表象，而真正的强者，是懂得如何委屈求进求圆的人。对我们老师来说，这并非是让老师们放弃原则，不守底线，抛弃师道尊严，曲意迎合对方，更不是要在师生、家校间建立起一道隔离墙，而是将大家纳入共通、共享、共建的局域网。师道尊严、权威树立应建立在弥合沟通、相互信任、充分理解之上。我们有时退，只是为了给自己找一个喘息的机会，寻一个良策，以免自己在冲突中遍体鳞伤。我们要善于在师生、家校间添加一剂润滑剂，灌入一碗浓情汤，以真换位俘获"真芳心"，获理解，促共享。

"不听话"的孩子在南开

"南开的教育，并不是要把学生都改变成听话的孩子。"我们不会扼杀孩子发表意见的能力。

作为一名教育工作者，我把自己定义为"见习生"。我曾先后赴日本大阪外国语大学、歌山大学留学，在新加坡南洋理工大学国立教育学院进修。在这些地方，我喜欢以观察者的视角去探寻、感触不一样的教育理念和育人方式。我其实是到这些教育发达地区"取经"。每到一处，我都喜欢去他们最真实的教育环境中走走看看，观察他们对不同类型学生的看法和态度，喜欢观察研究当地教育的特点。

通过对各国教育现象的观察和比较，我发现，在我们中国有一个普遍现象：小朋友很少在公共场所发表自己的观点和意见。这和"中国式教育"息息相关，大多数家庭的教育模式是孩子从出生后就被父母"承包"了，包括孩子的志愿。在"反正都是大人说了算，我发表什么意见都是错的”这样的氛围中成长的孩子，在未脱离父母“管辖”范围前，他们都难以具备独立思考和自主的能力。

这正是到了初中后孩子就开始出现“叛逆”现象的原因，因为从那时起，孩子的自我意识开始觉醒，尤其是在家庭氛围不够民主的情况下，他就越是表现得急于逃离，渴望早一点成为“成年人”。

让孩子拥有独立思考和自主的能力的方法很简单——放弃用成人的眼光来看孩子。在成长的路上，孩子需要的只是你的引导。遇到问题时，你应该引导孩子发表自己的意见，然后一起讨论。如果你认为孩子说得不对，可以用摆事实的方法来说服他，而不是武断地解决这个问题。

所以，听话与否并不是衡量学生能否成才的决定性因素。南开的教育是一种兼容并包的教育，是一种引领学生发现个体内里力量的教育，是激发学生将自发目标化为自觉价值追求，并把这种自觉转化为贯之始终的行为习惯的教育。时至今日，我们有的老师还无法跳出"不听话的孩子不是好孩子，不听话的孩子不能成才"的思维桎梏。其实这里的"不听话"究竟是不按规则出牌，还是具有创新性思维，都是我们需要考量的。诚然，"不听话"的孩子在人们眼中可能是"问题分子"，但我们从各位大咖成才的道路来看，他们最终研究的领域很多都萌生于童年或者学生时代。南开教育下的孩子应该不盲目、不从众、有创新、有品质。爱他多一些，就让他勇敢地秀出自己的STYLE，畅谈自己的看法，让他向着未来走得更坚定些。

初为人师，偷师学艺

1984 年，不到 21 岁的我第一次站上南开中学的讲台。那一年，看着一张张阳光而朝气蓬勃的笑脸，我对即将开启的从教生涯激情满满、信心十足，我的心里早已做出决定，要将自己的青春和明天托付给这所厚重而美丽的学校。

当时，学校为新老师安排了指导老师，提供了为期三年的旁听课程，而我们去旁听的都是学校教学经验丰富、很受学生欢迎的老师们的课。一周有 4 节旁听课，一学期 20 周，就是 80 节；三年下来，一共 480 节。无论多忙多累，我一节课也没有落下！

三年后，学校安排的旁听课程结束了。虽说三年的边教边学已让我提升不少，但我还是坚持像一个旁听生那样，时常站在教室外"偷听"。我找到了做学生的快乐，更在这持续不间断的"偷师"学习中收获了育人的感悟。

常常有学生对我说："田老师，你经常都来听课，感觉比我们还认真！"偶尔，也有路过的老师看见我"偷听"，带着不解的神情朝我笑笑。或许在他们看来，我"偷听"的办法有点笨拙，但这确实让我少走了很多弯路，让我的教学水平迅速提高。最关键的是，我收获的不仅仅是教学方法和专业成长，更重要的是感受到了这些前辈老师们对教育执着的精神，对学生博大、仁爱的胸怀，这对于当时年轻的我来说至关重要。这么多年过去了，我依然对那些我旁听过的前辈老师们心存感恩！

值得一提的是，作为一名学科老师，既要课讲得好，还要将不同学生对知识的掌握程度了然于胸。作为一名新老师，必须勤奋多多，用心多多，付出多多。当时，班上每个学生的作业，我都会认真、细致地批改。我也乐于做"角色代入"和"换位思考"。批改学生的作业时，我会细细思索他们的解题思路，找到他们所遇的解题"瓶颈"，了解他们掌握知识的情况，从而有针对性地进行引导式教学。

　　回望这一路的足迹和坚守，我在南开中学的讲台上教化学已二十余年。而我，既是一位老师，也是一名学生。年轻时"偷听"上课带给我的快乐和成长，让我终身受益，同时也在潜移默化中将"学无止境"的感悟和理念传递给了更多的学生和同事。

　　为学日益，大道至简。想来，作为一名老师，要有一个简单而深刻的认知：教育不仅仅是对知识的传授，更是对学生人生的引领和人格的影响——为人师者，要从心灵深处、从教育初心出发，与学生们一起学习、一起成长。

　　教育是在为未来培养公民，因此办教育不能过于短视、功利，要坚守理想和情怀，要心无旁骛、平心静气，要走一条传承真善美，把握教育本质规律的必由之路。因此，南开老师们努力的目标不仅仅是让学生获得一张张名牌大学的录取通知书，更是要将他们塑造成一个个有理想信念、人格健全、个性鲜明的未来公民。

今天，我坚持为全校师生提供一个宽松的成才环境，让老师立足学生特性深研教学方法，让学生能够快乐而多元地学习和成长。

瑜伽球出现在教室

创新思维就是突破传统思维模式，用新奇、独创和特别的方式，超常规的视角，反常规的解决方案解决问题的思维过程，这也是教育最想要的结果。

课堂上，学生注意力不集中是常有的事，让我们来看看春田小学（Springfield Elementary School）阅读课的老师是怎样做的？用瑜伽球代替椅子，让学生坐在上面听课、阅读。据老师介绍，这种方法可以让学生更容易集中注意力，专注于阅读内容。我坐上去试了试，要坐稳可不能分心，不然阅读不成，还可能会四脚朝天，集中注意力坐稳后还真能好好阅读。

注意力分散其实就是一心多用。坐在瑜伽球上只能一心二用——坐稳和阅读。这种方式看似分散了注意力，其实抑制了其他分心因素，把注意力引向了阅读。阅读老师说起这项创新，不禁骄傲起来，让我们不得不佩服老师的创意。

在西德尼·拉尼尔中学（Sidney Lanier Middle School）的教室里，我看到有运动自行车，这在我们的课堂里是很难想象的，其目的是如有好动的学生上课，他可以骑在上面边踏车边听课。教学有法但无定法，想尽办法就是为了能提高教学效率和质量。

我们的课堂教学由于社会经济发展和传统观念等原因，使得老师和学生在整个教学过程中都显得中规中矩，培养创新思维的氛围营造得还不够。人是环境的人，创新能力的培养主要是靠环境和氛围的养和育，对目前我国的学校教育来说还任重道远，因此社会、学校和家庭都需倍加努力。

范孙楼老黑板的故事

为纪念严修先生兴学之功绩，重庆南开中学以先生字号"范孙"为名兴建教学楼。由于南开中学的建筑以中轴线分南北，而范孙楼处于中轴线北边，故又称北楼。北楼与南楼隔路相望。为了让奋战备考的学子有一个安静、舒适的学习环境，范孙楼逐渐成了高三教学楼。

我喜欢一个人来范孙楼走走看看，和老师们聊聊家常，和学生们聊聊方向、目标和方法，这样从心理入情理、从时间到空间都能有所陪伴。

每当我走进范孙楼时，吸引我的都是静静地矗立在楼梯旁的一块老黑板。这块老黑板有些古老，黑色的色调渐渐淡去，泛黄泛白的底色微微泛起，但这却毫不影响它励人心志的功能。在这块老黑板上，会时常出现一些暖心、走心、鼓舞人心、激发学子奋力拼搏的词句。有的是从南开之历史、景物中提炼出来鼓舞学子的："寒气渐袭，然，主席像旁，小叶榕，不凋；三友路上，桂花枝，已香；教学楼里，奋青们，正忙"；有的是当下时髦的励志金句和网络流行语："日落是沉潜，日出是成熟，心中若有光，总会灿灿的"；有的是在放假前老师们将对学子的叮嘱编成的顺口溜："看似已放假，课表带回家。潜力在寒假，实际再出发"。作为回应，偶有学生会在这块老黑板上画一个笑脸或者努力奋进的人偶标志。虽然教学楼里也有 LED 显示屏，但高三的老师们都会亲自把顺口溜，文艺范儿、正能量的励志语手写在黑板上，这样的用心和温暖学生总是可以感受到的。

我想，学生们多年后会不会记起这块老黑板上曾经出现的某一个触动内心的句子和这块陪伴了他们一年多的老黑板呢？多年以后，这块老黑板会"退休"，但它的价值早已超越书写的载体。我们常说的"大教育""环境育人"，实际就是处处皆用真心，处处皆暖人心。

光阴的故事

　　我喜欢在南开散步，榕树高大而葳蕤，阳光从枝叶的细缝透过，光影斑驳间，弥漫着自然的气息、时光的味道，所有的一切都在讲述光阴的故事。

　　1984年，我大学毕业，来到了重庆南开中学任教。而那一年，南开由"重庆第三中学"恢复为"重庆南开中学"。也许是夙缘，一个风华正茂的青年、一所更新了校名的学校，就这样走到了一起。

　　对于接受师范教育的我，"南开"早已不是一个陌生的概念。创始人张伯苓先生的大名如雷贯耳，他所处的时代，民族陷入屈辱黑暗的深渊，国家现状深深刺痛了一个有志青年的报国之心："念国家积弱至此，苟不自强，奚以图存？而自强之道，端在教育；创办新教育，造就新人才。苓将终身从事教育之救国志愿，即肇始于此时。"培养具有世界意识的中国新青年，这样伟大的思想，这样超前的意识，深深地吸引着我。所幸我来到了南开，正因心之所向，必当竭力所为。

1984 年，不到 21 岁的我站在了三尺讲台之上，比台下的学生也大不了几岁，激情固然四射，经验却也缺乏。然而我很快感受到了集体的力量，南开对青年教师有自己的培养方式，给每位青年教师都安排了指导老师。经验丰富的指导老师倾囊相授，而我们也是全力以赴。三年480 节旁听课，我硬是一节课也没有落下。当然，这还远远不够，三年的旁听课程结束后，我常常在教室外听其他老师上课。由坐着旁听到站着"偷听"，在学生与老师的角色变换中，我收获的不仅仅是专业知识和教学方法，更感受到了这些前辈老师们对教育的热忱与奉献、对学生的宽容与仁爱。

28 岁，学校给了我另一个平台，让我担任德育处副主任；32 岁，学校委派我到日本留学，学习理科教育和学校经营；38 岁，我成为南开的副校长；46 岁，我担任南开的校长。

回望曾经，静心细思，我的成长正是来源于学校成熟而人性化的制度和观念。唯贤是举的人才观，对青年教师和干部不遗余力的培养，是南开一直以来的教育理念。

艾青曾说："为什么我的眼里常含泪水？因为我对这土地爱得深沉。"品惯 30 年三友路梅花意，听惯 30 年范孙楼雏风声，回首成长路，我对南开的爱与日俱增。爱她充满人文情怀的教育观念，爱她开放合理的管理体制，爱她对青年教师的关怀肯定，爱她"日新月异"的气韵，更爱她"事不避难，勇于担当"的责任感。也正因为这份责任感，才会有一代代南开人的薪火相传，也才有南开文化的发扬光大。

浸润于南开文化中的我，也渴望把我理解到的南开精神传递下去，让现在的青年教师也能够感受到南开风骨，这不仅仅是一个校长的责任，更是一种对南开文化的自觉担当。

从一个普通的青年教师到学校校长，岗位虽变然而初心不改，我始终牢记教师是学校最大的财富，他们代表了真正的"南开智慧"。对教师队伍的重视，是南开一直以来的工作重点，因为我们深深明白，这才是一个学校的生命线。

南开的师资队伍平均年龄为 35 岁，活力四射，生机勃发。当然，这支队伍的建设并非一蹴而就。南开对青年教师有明确的"一三六"计划，即"一年站稳讲台，三年走通教材，六年成为骨干"。明确的规划，再加上精心搭建的各种平台、全面而完善的培养制度，为卓越的学子们成功蜕变为优秀老师提供了坚实的保障：学校每年进行的青年教师优质课基本功大赛，既着眼于 40 分钟内的才华毕现，也着眼于一遍遍磨课过程中的"蚌病成珠"，既关注预设与生成的教学智慧，也关注徒手作画、实验操作等基本教学技能；定期举行的名师讲堂，邀请了校内外著名专家学者进行理论引领、示范课展示，他们娴熟地驾驭课堂的能力、对知识系统的敏锐洞察力以及各具特色的课堂风格，充分展现了知识、艺术与课堂的完美融合，对青年教师既是一种吸引，更是一种震撼；教师沙龙则让青年教师跳出课堂，在美食、摄影、阅读、品鉴中增长见识，扩展视野；而每周固定的教研组活动，是南开教研文化的铁律。一周甚至一个学期的教学规划在这里形成，一道题甚至一个知识点的碰撞也在这里交织，这有点像物理届的"哥本哈根精神"——汇聚、民主、自由、创造，谈笑风生自然常有，面红耳赤也时有发生，青年教师可旁观也可当局，这种群策群力的教研制度，对青年教师的成长是一种护航。

在南开的光阴里，我时刻铭记张伯苓校长培养世界青年的殷殷希望，只有具有国际视野的青年教师才能培养出世界青年。因此，我着力于为教师创建各种对外交流的平台，让他们走出去，去感受这瞬息万变的世界。上海、北京、西安、广州等地的学科论坛上有南开教师的身影；一些大学举行的假期培训清单里有南开教师的名字；国家级、市级的各种赛课中也有南开教师不俗的表现；在与美国、英国、德国、瑞典、韩国、日本等国家的国际文化交流中，教师们更是受益良多……

学校的教代会上通过了《重庆南开中学关于加强青年教师培训、青年干部培养的实施意见》。这份议案的通过既不是开始，更不是终结，它只是一个小小的表征，表明我们对教师的培养进入了更加自觉的状态。

回想当初，我以一个青年教师的身份踏入南开。在教学过程中，我深知为人师的不易，深感南开的培养之恩，深思当以何种方式回馈南开。30年后，我在另一个岗位上服务南开，倍感珍惜和荣耀，常常深省在当今时代该如何来发展和展望南开。我想，教育的本质还是一种服务，服务学生，服务教师，服务社会。

越是深入理解南开，越是醉心于她的大美无言。她是巍巍高山，她是汤汤大河，她是蓝天白云，她是深渊静流。能够服务重庆南开是我终生的荣幸与骄傲！如今的南开，光阴的足迹斑驳却可见，无数像我一样的南开人将会用我们自己的光阴促她继往开来，葆她永远年轻！

黄葛树叶黄又黄

伤春悲秋总是由残花落叶引发的，可是有一个地方，落叶却让人莫名地兴奋，让人更亲近自然。在南开的四季园中，最为神奇的还数五月的黄葛树叶漫天飞舞并静悄悄地铺满校园的景象。当四月来临，无论是在花圃中、三友路上，还是在主席像旁、艺术馆边，一片片金黄的黄葛树叶撺在一起，如同为校园穿上了一件金色的衣裳。任性的事见多了，但这样任性的校园真是没有见过——春天一地黄叶。这是随性的节奏、任性的节奏、个性的节奏和性感的节奏！虽是春季，却让人仿佛在四月闻到了一丝秋的气息，仿佛闻到了收获的味道。校园里到处生机勃勃，姹紫嫣红的花、生机益然的绿与这一片金黄形成了圆润博大、并行而不相悖的美景。微风吹来，金黄的树叶漫天飞舞。那些旋转的树叶承载着多少南开人的过往，留下了多少珍贵的记忆，又播下了多少五彩斑斓的梦。

当黄葛树叶黄时，总会吸引不少学生、老师、校外人员驻足、游玩、拍照和赞叹。我想我们的学子们走在这样的上学路上，心情肯定是很愉快的。

我将这一幕幕美景发送到微博和朋友圈，收获了无数赞美。有人赞叹："此景依稀梦里有，岂料今日南开逢。"但也引来了质疑，有人说我用的是秋天的图，以此充数。其实，他并不知道，在南开的四季园中有多少这样的奇观，这就难怪会有"黄犬卧花心"与"黄犬卧花荫"的争论。很多时候，事情的发生虽不与经验相符，但我们可以用一颗淡定从容的心来面对。

　　校园是否干净整洁本是对后勤服务质量的基本考量，但飘落的黄葛树叶有些任性，没有固定的下落时间。后勤服务管理的同志也曾向我征求过清扫意见，我想，既然景色那么美，就让她多停留一刻吧。于是，在黄葛树叶变黄的时节，清扫校园的频率就悄然发生了变化，从过去容不得一点杂物的频繁清扫变为每天一次。我想在严格的后勤管理服务中多注入一剂温馨、多增添一些人情，或许能温暖彼此。在求新求异、公能格局之下，南开的时间是科学合理配置下的 FREETIME。南开的管理没有固定陈旧的格调，永远是灵活多样的基调，从而蕴生出别有风趣的情调。

鸡蛋的故事

我参加高考时的作文题目是"读《画蛋》有感"，其实就是读一篇有关达·芬奇下苦功努力画蛋的故事：由于没有两个蛋是完全相同的，在不同的角度和光线下又呈现出不同的形态，因此要把它表现在纸上需要反复地练习。经过长期艰苦的艺术实践，达·芬奇创作了许多不朽的名画，最终成为一代宗师。读完后联系自己的实际情况，写一篇读后感。

在我看来，蛋不仅是达·芬奇成功的道具，有时也是联系师生情感的纽带。

记得我当班主任时，当时的生活条件远不如现在，对毕业班的住校学生来说，学校食堂饭菜的营养远不能满足又长身体又需大量动脑的少男少女的需求。于是，家长们就让学生带一些生鸡蛋到学校，但如何保证每天都有新鲜的熟鸡蛋是一个问题，班上数学老师谢济蓉主动承担了每天煮蛋的工作。做这件事一天容易，一周也可以坚持，但是近一年的时间对很多人来说却是一个不可能完成的任务。而谢老师风轻云淡地做了这件事。没有利益，没有交换，只是为了学生健康地成长。一个个鸡蛋传递出来的师生情感，会让学生一辈子铭记在心。

为了区分每个鸡蛋，学生们会用铅笔在蛋上写自己的名字。蛋上不仅可以写名字，还可以画画、写祝福语。女儿还小时，我家住在南岸区，到学校需坐公交车通过当时长江上唯一的大桥，再转两次车到沙坪坝。为了在 7：30 早自习前赶到学校，我必须 5：30 起床，这样持续了近两年。在这期间，有一次学校组织老师去献血，献血后第二天我在家休息。忽然听见有人敲门，开门后我大吃一惊，竟然是我班上的学生们来看望我。他们辗转几次换车，花了一个多小时才到我家，而且还带来了一篮子鸡蛋。我打开篮子一看，每一个蛋上面都写上了祝福语并配上了漫画。篮子里盛得下鸡蛋，但是盛不下这满满的师生情谊啊！

鸡蛋的故事成为我前进的动力，它一直温暖着我，激励着我努力工作，我把它放在我的内心深处。今天参加班主任"爱·分享"工作会我才拿出来与大家分享。

会后，我收到了南开融侨中学学生处主任李南兰发来的一条长长的微信，我用这条微信和大家共勉。

PS：

田校，真的很感谢您今天能过来跟我们一起分享，大家都很开心。活动结束后有班主任这样说："一年一度的班主任工作年会是一场意料之中却又猝不及防的暖心之旅。感恩，感动，新的一年，新的出发。善于'变脸'的班主任，不变的是对孩子们的关爱和初心。"还有的班主任觉得瞬间幸福感爆棚……我想这也是我们连续三年想把这个活动坚持做下来的原因吧。

希望这样一个充满温暖与感动的活动，让每一位班主任都觉得自己光彩熠熠，都觉得自己每天做着的工作虽然那么平凡却又那么美好！愿这份美好一直存于我们心中，再次感谢并祝好！

冷校长加油

离万盛县城 20 公里的景星小学，是我校中美青年交流活动中美国师生参观的中国学校之一。上次美国师生来我校时，我安排他们参观了重庆市人民小学。人民小学先进的硬件条件和优秀的师生给他们留下了深刻的印象，参观后他们说中国的学校与美国的学校没有什么差别。但是重庆的教育发展不均衡，城乡学校的办学条件有很大的不同，为了让美国师生更全面地了解中国的教育现状，因此特地安排了这次参观农村学校的活动。

景星小学是一所村小，有教师 10 名、学生两百多名，有一块篮球场和一幢教学楼。很多学生每天要花四个小时在来去学校的路上，教师都非常年轻。

年轻的冷校长在校门口热情地迎接我们，他朴实而大方。他的学生更为热情，他们在教室里大声地为美国客人唱歌。这是一次没有刻意安排的接待，学生们健康、开朗，完全没有想象中乡村学生没见过世面的腼腆，他们大方有礼地与美国师生交流。

一年级的一个教室里并没有老师，学生们自己在学习。

我问他们："老师在哪儿呢？"

全班同学齐声回答："在三楼。"

"有班长吗？"

"没有选。"

"有文艺委员吗？"

"没有选。"

"谁负责？"

"值日生。"

"可以给外国朋友们唱首歌吗？"

全班同学在值日生的带领下大声歌唱起来。

……

小学生的热情极大地感染了美国师生，他们情不自禁地走上讲台为学生们唱了两首美国歌曲。旅途的舟车劳顿是值得的，从头至尾，开心的笑容一直挂在大家的脸上，大家兴奋得不能自已。美国师生还为景星小学捐了买书的专款，送了最具西雅图特色的纪念品。

分手的时间到了。中美师生们依依不舍，在多次催促下美国师生才离开。随行的龚颖老师感叹道："在这里真有一种忘忧的感觉。"

冷校长继续加油，好好教导你那些可爱的学生哟！

海外飘来的贺卡

11月21日，我意外地接到了女儿从美国打来的电话。在电话里，她问我今天有没有去邮箱拿报取邮件。经过女儿的提醒，我才发现，近来事情繁多，我已经好多天没有看过收发室的信箱了。女儿神秘地告诉我，让我明天一定去邮箱看一看，兴许会有最高级别的邮件哟！至于是什么邮件，女儿不说，我自然不问。我们父女早已形成了很好的默契。

第二天，我早早地来到了收发室。收发室工作人员的神情告诉我他很好奇。我迅速翻看我的信箱，那里并没有女儿说的重磅邮件。收发室的老师也是心细，他说："田校，一般信件都是昨天发来的，今天的信件会在上午十点半以后来，下午三点半后还会再来一批。"那我还是三点半以后再来吧。下午，我再次来到信箱，果然发现有一封盖着国际邮戳的信件，兴奋之余立马取走。我拆开信函，原来这就是女儿对我说的最高级别的邮件——给我的生日贺卡。我这才发现，我连自己的生日都忘了。女儿用她不算秀美的字迹在贺卡上写道：

爸爸，也许我没有经常说，但是我希望您知道我觉得您是个很棒的父亲。如果没记错的话，这是我第一次正儿八经地写生日卡片给您。虽然我从来没有直接表达出来，但是，我爱您，爸爸。我觉得我从来都不是特别优秀的女儿，现在我都还记得数学卷子上的"20"，以及永远都不及格的化学和物理。我平凡地度过了小学、中学、大学，即将平凡地完成研究生的学习。希望这样的我不会让您失望，您也别太担心，我明白我必须靠自己的力量立足社会，所以我从来没有放弃学习。虽然那么苦，但是我会坚持。一年又一年，时间越走越快。一转眼，我已经不是那个在桌子下钻来钻去的小孩子了。我很怀念我们在南开的家，房子虽然不大，也没有皮沙发，但是那里有我最美的记忆。这几年，苦过、笑过、跌倒过，又爬起来，我越来越明白自己想要的是什么。我想要做我自己，过自己想要的生活，不是别人的。您就放心地让我去闯吧。

最后希望您跟妈妈身体健康，平淡也是幸福。（我写字经常不经大脑，经常写错的习惯我想是改不掉了）

我如期地收到了梦境的贺卡，梦境一定很高兴，但是更高兴的是我和梦境的妈妈，女儿终于长大了。其实，女儿不知道，我也写下了一封并未寄出给她的信。

　　梦境，23年前，当你快要出生时，我十指紧扣，心里默数着分秒，祈盼你的母亲携你平安而来。我不在乎你长相如何，我只盼望能和你早一刻相见。一声啼哭，和我血脉相连的你来了。妈妈忘记了疼痛，一切苦痛都化作了幸福的泪花。泪水洒向辽阔的天野，构成我们一家人幸福的团圆。

　　你出生后，我骨子里生出了更多的责任与担当，我的身板儿也变成为你挡风的墙。你小时候，我们没有请过一天月嫂和保姆。我和你妈妈即使工作再繁忙，都会交换着照顾你，每一天的生活虽是疲累但总有光。我们珍惜和你相处的每一刻，那时的苦，即使今日回忆依然甜醉。慢慢地，我的工作更加繁忙，我格外珍惜和你相处的时光。我教你看图识字，天、地、人、和，引你通晓字里行间的隽永深意，知识是通往幸福彼岸的纽带与桥梁。

蹒跚学步时，你跌倒了，我鼓励你主动爬起。因为我想让你明白，扶着别人走，永远走不出独立大写的"人"。人的一生道路很长，中间会有很多挫折和激荡，即使再苦，也要对生活微笑，跌倒是为了让你更坚强。

生病发烧时，你是出名的吃药"困难户"。我说良药苦口，妈妈喂药，爸爸喂糖。我想让你明白，人生不只是有苦口良药，还有糖果芬芳。

上幼儿园时，你总喜欢和我分享你在学校的经历。今天是哪位小朋友又被批评了，昨天是你什么时候又被老师表扬啦。我对你常是欣赏教育，你的妈妈对你则是挫折教育。因为未来是永不停息的片场，欣赏和挫折在你生命中具有同样重要的分量。

我和你妈妈总在培养你独立的立场和独立的能力，对你没有丝毫的娇生惯养，也没有把你作为完成爸爸妈妈梦想的工具，没有让你学你不感兴趣的东西。当爸爸工作忙碌时，一碗泡面就把你打发了。看着你长大，身心健康，我很满足。

　　当你高中毕业时，我主持你的成人礼——我女儿的成人礼。在你的强烈要求下，让我为你拍照。我远远地望去，18岁的姑娘，田家有女初长成。当你怀揣澳门高校的录取通知书离开家门时，爸爸妈妈百感交集。因为我知道，小时候你是爸爸妈妈的影子，如今，该是你独立成长、行走在自己的路上的时候了。爸妈望着你的影子，久久注目挥手送别，指尖流淌出对你深深的牵挂。

　　当你本科毕业时，你收到了美国俄亥俄州立大学攻读教育管理硕士的

OFFER，我与你进行了长久的交谈，我想对你说管理要管还要会理，掌握好"理顺"工具，经营好自己的人生。

看到你越来越独立，你很明确地知道自己要走的路，敢拼敢闯，我知道，不管爸爸愿不愿意，前面的码头、海洋、险滩都只能由你自己去闯了。前路虽然多坎坷，但我相信，人间大道正沧桑。相信只要你胸怀梦想，鼓足勇气，充满力量，你的生活就能成为你想要的生活，你也将成长为你想成为的模样。

墙上的智慧

今天从一个教室走过，看到墙上的一幅标语——"慧而明理，慧而好学"。老师把对学生的要求都写在了墙上——做一个有智慧的人吧！可见老师也是一个有慧心的人。

从上小学起，我们都会发现教室的墙壁上都有各式各样的标语，在教室里应该做什么——"好好学习，天天向上"；从教室里走出去后——"做又红又专的革命接班人"；要做革命接班人就要——"珍惜分分秒秒"。这些都是过去时的智慧了。现在时的墙上更显智慧。诚信遇到了大麻烦，在"周老虎"出现以前墙上就有了"我相信你，请你也相信我，诚实守信，幸福快乐"，希望我们的学生不是怕纸老虎的人。学生爱在楼道上疯打，这可能是中国学生的特色，现在让墙上的标语来教育这些学生吧——"嘘！楼道也需要休息，请不要吵醒她哦"。学生是中国学生，中国教室里的标语也有浓浓的中国味，《尚书·汤诰》中的"天道酬勤"是教室里的常客；《警世贤文》之勤奋篇的"梅花香自苦寒来"让我校学生更觉真切，因为在最冷的季节，整个校园都浸润在梅花高雅的香气里。"平时学习静进竞，高考才能有自信"，当然说的就是具有中国特色的高考了，但要"顺境处之淡然，逆境处之泰然"，这和以前的"一颗红心，两手准备"有异曲同工之妙。

中国教室里有中国式的智慧，美国教室里也展示了美国老师的聪慧。首先来看一条直白而冗长的："I will come to class on time and stay until the end of class; I will not bring food or drink to class; I will show respect and consideration for others; I will come to class ready to participate in the learning process; I will not bring unauthorized electronic devices to class"（我要做到不迟到、不早退；我不将食物带进教室；我将会尊重他人、理解他人；我会认真听讲；我不会将不准许带的电子产品带进教室）。虽说有些唠唠叨叨，看似是从学生嘴里说出来的大白话，其实是把老师的要求表达得再清楚不过了。当然，也有用比喻婉约表达的："Only you can row row row your boat, but teacher sand parents can help you navigate"（虽然你自己的船只有靠你自己来划，但是老师和父母可以为你领导航向）。还有提倡阅读的："Get better mileage from your head—read"（为你的大脑加油——阅读）。可能由于文化的差异我们不能完全感受到其中的"意味"，但是，老师的智慧跃然墙上是不争的事实。

其中我认为最有"意味"的一幅教室标语是：

生活是不公平的；

世界不在乎你；

你从这个学校毕业（高中）每年挣不了四万美元，也成不了副总统；

你认为老师严厉，等你当了老板再来想这件事；

如果你不干净，这不是你父母的错，你自己应负责任；

你出生以前你的父母并不是这样无趣；

你的生命不是以一学期划分的；

抽烟并不能使你变酷；

学校对你有耐心，但生活对你没有耐心。

在美国教室的墙上也有励志的标语："教育（你）成功与否取决于四个X：X——付出，X——阅读，X——练习，X——创新"。意思已经说清楚了，但在我这个中国人眼里还是显得有些直白，没有"梅花香自苦寒来"来得有文化。不过，不过……有时我们的标语也显得"意味"实足——太直白，而且没有"文化"，"养女不读书，不如养头猪！养儿不上学，就像养头驴！"当然，这幅标语不在我们的教室里。

青莲紫的故事

1917 年，天津发生了一件大事。南运河决堤，由于南开中学地势低洼，大水涌进了学校，水深近两米，学生只能分别到青年会、劝学所、学界俱乐部和天津名家族卜宅等处住宿和上课。当时张伯苓校长为了把南开办得更好，去美国进修，把校长一职转给他时任南开教师的弟弟——25 岁的张彭春。

彭春代理校长在水淹南开后的开学典礼上演讲说："对学生来说，精神比校舍更为重要。我们师生的精神永存，在哪里都大有可为。怎能因校舍被淹，就妨碍我们的学业！……此次灾难死伤不少，而我们能平安脱险也是天意。为了民族的安乐和国家的康宁，为了祖国大地不再发生水灾、人民不再遭受苦难，不正是我们这一代人应尽的责任吗？"

这一席话让学生备受鼓舞，学生们的精神也为之振奋。

从来不著水，清净本因心。

因借别人的学校住宿、上课，为了与其他学校的学生区别，每个南开学生都在胸前贴着紫白色的校徽，也让学生不忘自己是南开人。

这场突如其来的水灾，对当时稚嫩的南开学子来说，确实是一次不曾想到的磨炼。寄人篱下、喝稀粥果腹，使南开学子更加发奋，更加自律。

南开经受住了考验，克服了困难。第二年，饱尝艰辛的师生们才重返校园。

伯苓校长从美国学习回来，对彭春代理校长带领下的南开师生的表现大加赞赏。

从此，紫色成了南开的校色。

南开取"青莲紫"的紫色为校色，是要体现南开人"出淤泥而不染，濯清涟而不妖"的君子品格和卓尔不群、特立独行的鲜明个性，既有祥瑞降临、紫气东来的喻义，又是对南开美好的祝愿。

在当下，"青莲紫"又被赋予了现实意义。

面对"青莲紫"，干净、心静、敬畏的情愫油然而生，教育是慢工出细活的功夫，急不得、躁不得。只有不忘教育初心，才能培育有能力、有创意、有情怀和有诗意的南开学子。

让我记住你的名字

在中国，无论什么场合，大家见面时都会先介绍自己的名字或者朋友的名字给新朋友认识。为了表示尊重，有的人会认真且刻意地去记住对方的名字，以便在下次相见时能直接呼出对方的名字，这样两人的距离就会拉近，亲近感倍增。所以在社交圈中，名字又不仅是符号那么简单。

每年七月，学校召开全校教职工大会时都会有一个流程，即新加入南开的老师们按学科介绍自己。每一年都有新鲜的面孔出现在大家的眼前，让人看到南开的未来。学校之所以这样做，一是仪式的传承，标志着他们正式加入南开，与南开共荣辱；二是让同事之间增进了解，联络情感。虽然每年加入南开的老师数量较大，但我还是会想尽办法努力在各种活动中记住他们的名字。有时在三友路上、主席像旁、南北苑食堂迎面走来新同事，我准确地叫出了他（她）的名字并问好，这让新同事们很惊讶，他们惊讶的表情仿佛告诉我，我不认识他们才是应当。时隔几年，老师们回忆起南开的故事，其中就有不少是关于名字的故事。

名字仿佛是一个重要的话题。名字是一个人出生后的符号，是一段充满感情的代码，这里满载着亲友族群对孩子的期盼。每一年，我都会为老师们布置一项作业——班主任在开学前首先要和自己的学生对上号，当学生来报到时，你能一口一个叫上学生的名字，这样他的感受或许和你曾经被人叫出名字的心情一样，甚至有所超越。

亲其师，信其道，记住名字是第一步。对科任老师而言，一个月内应认识你所有的学生。名字是很好的沟通方式，当学生听到你能一口叫出他的名字时，你们的陌生感会减少，后面的教育就会变得简单多了，我们要聪明地做事。新学期校长们经常推门听课，我评价一节课是否合格的标准就是老师能否准确地叫出学生的名字。如果过了一个月、两个月还记不住，我会毫不犹豫、不留情面地对老师提出批评。

现在的孩子都是"00后"，熊孩子不少，他们个性张扬，获取信息的渠道多样快捷，有较强的表现欲。如果你不认识他，他犯错后可能还会继续犯错。而当他的名字被你记住时，就去除了隐匿性，促使他们改进。所以，记住名字也是让学生进步的开始。

三友路的芬芳

三友路在南开学子心目中的地位是那么特殊，路名取"松竹梅"岁寒三友之意。路旁有青松、翠竹和蜡梅。一到严冬，整个校园里弥漫着淡雅的梅香、清幽的竹香和清雅的松香，为万籁俱寂的冬季增添了一丝暖意和生气。为何南开的前辈们要栽种这几种冬日傲风骨抗风霜的植物，并以"三友路"为其命名？我想它们更多代表的是坚毅、坚定和坚持，其中冬天的蜡梅最能彰显这条路的魂。

走在三友路上，回忆起南开史诗般的历程：有雪国耻、图自强的器量，有求新求异求变革的担当，也有兴教育、强科技、富国裕民的荣光。在这一段段岁月中，南开即使生存环境再恶劣，一代代南开人也是咬紧牙关就上。他们像松竹梅一般，隐忍于花圃中默默付出。当功成名就时，却深藏功与名，芳踪难再觅。

一个冬日的下午，我看见一对父女在三友路上拍照。女儿笑得格外灿烂，远远看去，宛如冬日少有的阳光。当我经过他们身旁时，听到父亲认真地对女儿说："我读的是南开，你也应该来南开。"他说完拍了拍女儿的肩膀。他们这一走就是几个年轮，这一转又是一个轮回，这一拍更是富有仪式感的传承。三友路上，走出了许多父子档、父女档，母子档、母女档。在三友路清新雅致的氛围里，一些南开独有的精神就烙在了学子的心上。学生离开学校后有很多的回忆，但蜡梅却是记忆里的珍珠。清冷的校园，蜡梅暗香浮动，那叫一个醉！

南开的三友路上诉说着一段传承，铭刻着一种坚持，它们熔铸起南开人共享共有的精神图腾。

我的未来我做主

　　我在美国时住在 Tom 和 Pat 夫妇家，他们以美国式的热情接待我和我的学生。第一餐饭是在他们家吃晚餐。Tom 一家四口，女儿 Shannon 和儿子 Brian 都回家陪我们吃饭。为了欢迎远道而来的客人，他们烤了阿拉斯加的大马哈鱼，并专门准备了米饭、蔬菜沙拉和传统的德国浓汤。在餐桌上我才知道他们的祖辈是德国移民。

　　Shannon 正在读护士学校。她从华盛顿大学毕业后，没有马上去找工作，因为她非常想成为一名护士，为了自己的兴趣和未来而选择继续读书。作为父母的 Tom 和 Pat 也很支持她的决定。Shannon 为了不给家里增加经济负担，自己边读书边在幼稚园里当兼职阿姨挣学费和生活费。Tom 家宽敞独立的房子、院子不能成为 Shannon 依赖父母的理由，而是自己在外租房住。最让我吃惊的是，Brian 高中毕业后就没有上大学。在教育如此发达的国度和有如此家庭背景的人身上发生这样的事确实有点不可思议。Pat 告诉我这是 Brian 的选择。Brian 高中毕业后就不想再读书了，他到了他父亲 Tom 的公司打工。Pat 说她很希望 Brian 能上大学，但是儿子的决定她也不反对，这毕竟是他的志向和选择，她希望 Brian 再长大一点后懂得读大学的重要性时，能去大学读书，把这一损失补上。

Brian 也并不是一个没有思想的小伙子，除了打工，他还在一个地方足球队任教练，并在一个慈善机构中积极为非洲难民募捐，一天到晚忙忙碌碌，快乐地走自己选择的路。

在一次野餐中碰到 Mary，听她说起她女儿的人生选择和 Brian 如出一辙。女儿高中毕业后想独立生活，选择了在一家公司当女秘书，在外租了一间房独住。母亲非常想让她读大学，但最终还是尊重女儿的选择。

真是幸福的孩子——自己对自己的选择负责，自己对自己的未来负责；有自己对未来的想法，又能得到父母的理解和支持。美国的父母们对孩子抱有希望，也有望子成龙的心情，但是他们更多的是对孩子的理解和宽容，更多的是让孩子走自己的路。

　　"子非鱼，焉知鱼之乐。"当今中国的父母就忘了"子非鱼"，让小孩子上各种课外音乐、美术班，无休止地补课，不理会孩子的兴趣和感受，父母把自己的想法强加于孩子身上，孩子就是父母实现未完成梦想的工具。我很想知道美国有没有"父母之命"，有没有"媒妁之言"。在美国期间，我更多感受到的是孩子自己对自己的规划，自己对自己负责的勇气和父母对孩子的引导、理解与支持。学校里少有读死书的学生，更多的是自信心十足和个性张扬的、有独特爱好的学生和教师。

　　除开中美两国由于经济发展水平、社会制度、就业体制、人口数量的不同导致观念的不同外，从中应该看到美国家长、社会对孩子个性的尊重、宽容和呵护。有了个性才可能有创造性，才可能培养出具有创造性的人才，才可能形成一个具有创造性的社会。我们的父母们可能更多的是看到眼前的就业和自己一厢情愿对孩子未来的规划，而忽略了孩子内心的真实感受，忽略了孩子的独立人格和自我追求，忽略了孩子按父母设计的路走是否会幸福，而这些对于孩子来说可能是最为重要的东西。

心中有诗意，眼中有远方

　　"诗意"这个词放在这里，并不是诗歌意境，而是我们对未来要充满希望，要怀揣梦想。

　　或许你会说，现在的家长哪里会给孩子们灌输"诗意"，他们的期望就是孩子上北大清华。高考很重要，孩子能上北大清华也的确非常棒，但上了北大清华之后又如何生活呢？一个人即使到了 80 岁也要充满希望地生活。

　　我理解，一篇好的作文肯定是有感而发。我写过的印象最深的一篇作文是《站在 80 年代的大门前》。那是 1979 年，我当时是重庆四中的一名学生。那是一个积极向上的火热年代，每一个人都怀揣梦想，站在 80 年代的大门前张望。如果现在再要我写这篇作文，我肯定无法找到当时那种激动人心的状态了。

用现在的眼光看，当时我们接受的是一种不完整的教育，但另一方面，"我是一块砖，哪里需要往哪搬"的教育理念影响我至今。

　　在年初的校长读书会上，我推荐的书目是《简单的逻辑学》，而对我个人影响最大的一本书是路遥的《人生》。

　　不知为何现在有人提出语文学科被边缘化的问题。从功利的角度讲，语文是高考中分数最多的课程之一，在学校被称为"大学科"。从个人的角度来说，语文素养对人自身的发展至关重要。我们发现有的孩子数学不好，其实并不是数学思维出了问题，而是他的语文不好，影响了他对数学题意的理解。中文是我们的母语，试想，科学家如果语文不好，如何写论文？艺术家如果语文不好，如何表达自己的艺术见解？

作为南开中学来说，我们有戏剧节，每个班的学生自导自演，很多学生都以校友曹禺先生为荣。我们有自己的校刊。我们也着力培养有学术功底的语文老师，南开中学的三门市级精品选修课程，其中语文就占了两门。我们也做语文应试，但更希望将语文作为一种看、听、说、读、写的素养传授给学生。

当然，现在的语文教学也存在问题，比如八股的东西多了，唯教学、唯考试的东西多了；老师对学生创造性的思维保护少了，成人的看法多了，甚至是主观推荐的东西多了。在对"00后"学生的施教中，这些需要引起重视。

雨中南开 / 秋天？不，这是春雨中的校园

津南村 6 号 / 时光流逝，如今这座建在重庆的北方四合院里又有了学生们的笑声

南开排球场 / 排球场倒映着科学馆，脑力和体力都不可偏颇

学习排球的学生们 / 良好的体育技能，支撑更浓厚的体育兴趣

南开管乐团 / 吹吹打打的少年时刻准备着，进入社会，施展拳脚

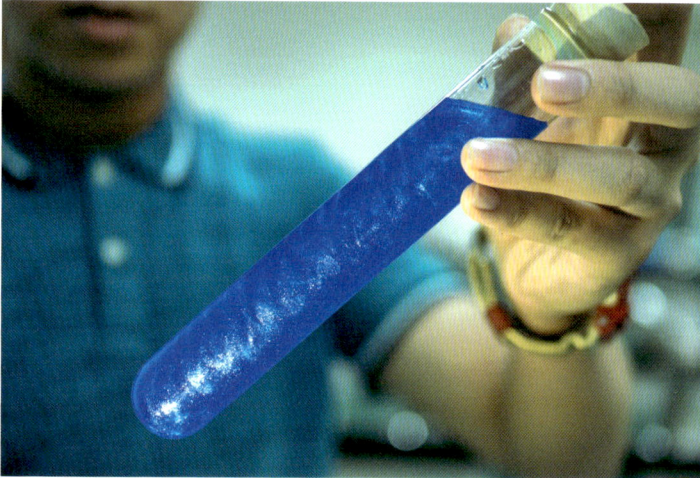

← 化学实验 / 沉浸在绚烂神奇的科学探究中

↑ 成人宣誓仪式 / 人总是要长大的，责任不期而至

游玩也是学习

要了解一个地方，最好的方法是走进一条小巷，吃当地的家常菜，与当地人聊天。

乌敏岛是新加坡的三大外岛之一，当地居民只有 50 人，岛长 8 公里、宽约 1.7 公里。这么小小的一个岛可是新加坡人周末休闲的好去处，玩法主要是骑自行车、健行和吃海鲜。

从新加坡本岛的樟宜村花 2.5 新元的船资就可乘准载 12 人的小机动船到乌敏岛的小码头，耗时不到 15 分钟。船家严格执行最多只载 12 人的规定，等船的时间要看你的运气，等齐了 12 人才能发船，周末去等船不用花多少时间，平时去就不好说了。晚上末班船是 7 点钟，不要乐不思蜀，玩过点等待你的就只有悲剧了。

码头边是乌敏镇，真是很小：一间小庙、几家租车行、几家海鲜餐厅，仅此而已。看看在镇上走得慢悠悠的狗就可知当地人比较闲适，不过它们不太亲近游人。租自行车一天 2 新元起，招牌上是这样写的，但实际上好像 2 新元什么车都租不到吧。最好的新山地车 18 新元，人多团购 15 元可成交。车分单人和双人的，因是一个人骑，也没询问双人的价。

乌敏岛最好玩的就是骑自行车。路好，还有较大的起伏变化。路旁是热带丛林和采大理石后废弃了的巨大深坑形成的绝美湖泊，还有开满各种荷花的湿地。有些路的尽头是有微风的海子，运气好还能看到猴群和巨大无比的灵芝。不骑车或不会骑车也可健行，走走停停也是另外一种看风景的方式。有些地方因有安全隐患还不准骑车，只能步行。海上有长长的栈道，在栈道上吹着海风，看飞机从天上降落樟宜国际机场。

乌敏岛的海鲜超级好吃，价格比新加坡本岛便宜，但做法没有太大的区别。黑胡椒蟹一定要点，蛤蜊煎蛋也是不二之选，饮料一定要品尝冰冻椰子。在骑了车大汗淋漓时，一个冰冻椰子可让你发出"好幸福"的感叹。最好选海边的店，这样可以一边大快朵颐一边看海，这时海里一定有很多划橡皮独木舟的大小朋友。

中午，在岛上的国家公园前，看到一大群小学生整齐划一地坐在地上吃面包，场面很是壮观。我不想打扰他们，在远处快快地拍下来，但还是被一些小朋友发现，对我举起了剪刀手，露出了夸张的笑容，真是一群可爱的孩子！我很好奇他们带的领巾一半红一半绿，一问才知道这是他们童子军的标志。他们告诉我这次活动一共两天，岛上的活动除了上面提到的以外，还有一夜的露营。

学校教育真不只是在教室和校园内，学生们需要在自然中、在与同学的集体游玩中学会相处、忍耐和包容，学会与人打交道；在遇到困难时、与同学发生摩擦时学会自己想办法解决问题；在疯闹中留下可供一生回忆的"傻事"。"闲暇出智慧""有闲暇才有思考",这是不争的事实，多留点时间、空间给学生们，让他们去观察、去发现、去思考、去驰骋想象；在游玩中培养兴趣，培养爱好，为今后的职业生涯奠定热爱的基础……

现在中国大多数的家庭都是独生子女，导致我们的教育承受不了安全之重，我们是在圈养学生吗？谁能回答？对学生的教育有时是需要走出校园，需要有学生们自己在一起的回归教育本真的活动。其实，读书学习已然是一种生活方式、一种生活态度和生活习惯，哪儿都可以成为书房。常言道"处处皆学问"，游玩也是学习。

又学习，又玩耍

一次整理电脑时发现了几张好多年前在延安照的相片，那时数码相机在国内刚出现不久，相机的分辨率才 200 万像素，不如现在的智能手机，但这些照片却勾起了我对当时的回忆。

那年冬天我和培训班的同学一起到延安中学听课。延安——一个让人向往过的地方，我从小就知道延安有巍峨的宝塔山、清清的延河水，有红军们住过的窑洞……从西安坐了整整一夜的火车硬座，到延安已是早上 6 点左右。有些简陋的延安站，天寒地冻，气温是零下 7 摄氏度，只穿了一条单裤的我靠不停地跺脚来取暖，但是想到已到了延安，心里还是温暖的。天亮后，我发现延安城也非常简陋，延河几乎没有了水，餐馆里也没有热气腾腾的可口早餐……这时我才感到真的有点冷。革命根据地的建设可没有我想象中的好，不过那都是好多年前的事了，现在随着时代的发展，延安一定建设得非常漂亮了吧！好想有机会再去延安看看，定能看到延河饮马的景象！

其实那次给我留下印象最深的是在延安中学校史陈列室的一张纸条，它是毛主席在1941年元旦给保小学生金德崇日记本上的题词——"又学习，又玩耍"。伟人半个多世纪前的愿望现在看来都还未完全实现，这六个看似易懂的字包含了太多的内涵。

当前，减负（学生的、老师的、学校的）还是任重道远，面对客观存在的学习量的增加、来自家长和老师的压力、考试选择的存在、现实就业的压力……要让学生真正做到"又学习，又玩耍"，无疑非常考验我们教育工作者的智慧。我们可以从课堂入手，提升课堂的总体效能，让精品课堂成为学生节约时间的主要阵地，让老师的努力和辛苦换来学生的相对轻松。在课堂教学方面，我们可以优化教学供给，减少无效甚至是负面供给。在教学格局上，我们推进教育改革要遵循教育教学的本质规律，如何办学、办什么学、培养什么样的人、如何培养人是我们首要思考的问题。另外，教育是细活、慢活，不能急躁，办教育我们还是要保持定力，不被功利的洪流裹挟。不为私利、近利诱惑，耕好教育改革试验田。这样应该就能够当好时代教育的答卷人了吧。

　　我们会尽力！"一定要把'戴着脚镣的舞蹈'跳好。"（张发光校长语）

遇见南开，遇见青春

　　建校 80 周年时，我的 86 级学生回母校举行同学会，和同学们拍照、交流很是畅快。曾经稚气的孩子们都变得成熟稳重了。一名女生偷偷告诉我："田老师，您和 30 年前一样，几乎没有太大的变化。"变与不变，增加的是岁月的沧桑。随着年龄增长，身体逐渐衰老，这是自然规律，人力不可抗。我想这名女生想说的是我的心理年龄没有变化，而心理年龄不变，这是社会法则，可人力图之。我细细地回味学生的话，在头脑中飞速地搜索还能让我心态保持年轻的原因。

　　与学生同行，心态年轻。我的学生跨越了 80、90、00 三个时代。与学生们的交流不会因为新名词而突发尴尬症。我总想主动了解他们生活的焦点，他们常用的网络流行语我也愿意了解学习，我时常通过微博与他们分享我和他们的世界，让我充满朝气。

　　与同事共事，精力充沛。我的同事中每一年都会有新面孔出现，这些新面孔大多有过硬的专业本领、非凡的教育才干、浓烈的教育热情。每每看到他们身上爆发的小宇宙，让我总能不忘初心，砥砺前行，推动我干劲儿十足地做好每一件工作。

与南开同行，青春永恒。此生最有幸的是见证了南开的成长与辉煌，作为一名见证者，我目睹了她的筚路蓝缕和风雨兼程；作为一名参与者，我有幸以微薄之力为她的繁荣服务。漫漫三十多年，重要的三十多年，为南开服务一直是我喜欢做的事，它让我内心充实，不苍凉。有同事戏称我为"戏精"，为南开到处站台，即使再疲惫，一旦她有需要，我都是"满血复活"，以最好的状态在各种场合"表演"。

遇见南开，遇见青春。我愿用我所有的时光服务于她，永葆她的青春与年轻。

怎么还不火起来

"怎么还不火起来？"这句话可不是对二流明星的评价，而是一个消防队员在心中埋藏多时的疑问。为什么他们这么想发生火灾呢？真是一两句话说不明白。

在竹中直人导演并主演的电影《等待救火的日子》中，波乐里的消防队员就是盼望着发生火灾的一群人。由于经济发展，年轻人都离开波乐里到大城市去了，留下的只有老年人和消防队员。日子平静而沉闷，消防队员每天演练，可是始终没有接到火警，所以他们一天到晚都盼着能真切地救一次火。突然，有个地方浓烟滚滚——火警来了？可最后还是让消防队员大失所望，原来是敬老院的老人在放焰火；终于有人报警了，可是消防队员再一次被打击，原来是女主人公桃子的朋友吃海鲜过敏，想让消防队员来帮忙……消防队员最后一次接警是因为一只猴子撞进了敬老院。整部电影都是在等待火燃起来，笑料也是在等待火燃起来的过程中发生的。但是，火始终没有燃起来。电影比我的描述精彩万分，让你欲罢不能，想一口气看完。

这是一个有关成就感的喜剧故事。消防队员不怕火灾，怕的是没有火灾。他们的职业成就感是在灭火中产生的，可是火始终没有燃起来，消防队员也就没有了成就感，从而产生了烦恼。其实，职业成就感是在满足别人的需要时产生的，每个人都想成为别人需要的人，别人不需要自己就不会产生成就感。要产生让自己满意的职业成就感也不可能是一帆风顺的，在追求成就感的过程中是会有许多烦恼产生的，就像没有火可救的消防队员一样。

被人需要是一种幸福。马斯洛将尊重的需要和自我实现的需要置于人需求层次的金字塔塔顶，足以说明它的重要性。教师的工作也是如此。教师需要被需要、被尊重、被认同，实现教育的内里贯通和良性循环。试想，在学生遇到难题待解时，老师用巧妙的方法让他醍醐灌顶；当学生在生活中遇到困难时，老师用高超的教育智慧引领学生走出焦躁、无助；在学生狂躁时，老师教会学生用粗大的神经静待学习和生活。这样的老师学生肯定会大声说"给我来一打！"这样的老师会被学生当成偶像来崇拜，这样的老师也一定会火起来！

卓越之师

作为教师出身的校长，我常常会忍不住思考，什么样的教师才是值得托付与信任的卓越之师？会教书，未必卓越；会做班主任，未必卓越；能让学生考出好成绩，未必卓越；能与学生打成一片，也未必卓越。

哥伦比亚大学威廉巴格莱教授在他的专著《作为艺术的教学》中说道，教学不是一种能够以精确方式复制或再现的技术，而艺术往往是对教育最贴切的比喻。他举了一个例子：如果自己重病就医，假如既能请到古希腊名医希波克拉底，也能请到刚从霍普金斯医学院毕业、拥有先进医疗技术和设备的年轻医生，他当然要选择后者。

但是，如果要负责为一群十几岁的孩子选一位老师，我既能请到古希腊先贤苏格拉底，也能请到哥伦比亚大学刚毕业的博士，尽管后者身怀最先进的教学技术技能，但我还是想请苏格拉底。

这个形象的比喻至少传达了以下两个信息：一是，教学标准不能完全以科学标准来衡量；二是，人们心目中的好教师并不完全以学识水平来评价。如果能请到苏格拉底，没有一所学校会拒绝，为什么？我们的先辈很早就给出了答案——经师易得，人师难求。正道出了老师的两个类别，也作两种境界。

做一名解经导学的老师容易，可要成为学生崇仰的人师却非常艰难。"师者，所以传道授业解惑也。"所谓经师，只是授业解惑；而那些难能可贵的"人师"，却总是将"传道"放在首位。

教育之道，本不在知识，而在立人。信息化的时代，缺少的不是知识，而是驾驭和运用知识的人才；缺少的也不是技术，而是技术中隐含的思想和人文。以知识为核心的"唯识"论，不能称为真正意义的教育；以学生为中心的"唯人"论，才是教育的最终归宿。

我总是忍不住盼望：教师，不再是知识的传声者，也非成绩的缔造者，而应该是社会、时代、民族、人类的布道者。明道方能言教，言教才能授业。所以，高素质的卓越教师，我反而觉得才可配以"教书匠"的称呼，因为教育园地里的"匠"算是一种大大的美誉：他具有过硬的专业本领，具有非凡的教育才干，具有强烈的教育热忱，具有高远的教育审美，便能成就各具特色、精致优美的"艺术品"。有这四点，岂能不卓越？

忠恕图书馆的故事

在南开校园里，张伯苓老校长的全身雕像底蕴厚重，他身后布满爬山虎的那栋楼，南开君都知道它是学校的地标。这栋爬满了青藤的建筑是学校建校时就修建的图书馆——忠恕图书馆，至今足足有八十多年的历史。后来图书馆被校友周恩来改名为"红旗图书馆"，再后来因为学校发展变成了行政办公楼。不管名字、功能如何变，它一直是我心目中的梦幻建筑。每逢看到爬山虎发新芽，人们都不得不感叹春天到了，感叹生命的怒放。

在这个拥有许多故事的图书馆里，最温暖的回忆来自严冬看书时，脚边有燃着木炭的火盆。而现在，学校有明亮、宽敞的现代化逸夫图书馆。新旧图书馆都是能安顿灵魂的梦幻世界，任人畅游其间。一本书、一杯茶就可以消磨掉许多时光，享受到与大师们对话的各种美好。

逸夫图书馆自习室分布在三、四楼，这里自修的氛围极好，寂静无声。自修室是自律的孩子的学习乐园，即使是不自律的孩子观看后也会深受感染，安然静坐，静静自修。每逢周末或寒暑假，图书馆都有专人值守，很多孩子都会主动来到自修室，因此，那里基本天天满座，偶尔兄弟学校的同学也会过来蹭个座，导致座源紧张。

最近，在逸夫图书馆的自习室还上演了一场风波。因为有同学用图书占座位，但又没有去自习，让后去的同学无处安坐，真应了那句"占我的座，让你无处可坐"。自习室占座真的有理可循么？同学们在学校读书不仅仅只是学习知识，还要学习规则，学习与人打交道的能力，学习成为一个不给别人添麻烦的人，学做一个讨人喜欢的人……

南开的校园里，无论哪一个图书馆都记录着一个个奋斗的故事、一个个与大师精神交流对话的故事、一个个勤于攻坚克难或安于乐享精神饕餮大餐的故事。这仿佛又让我看到了《哈佛凌晨四点半》一书中的某些场景。情节总有不同，而相同的是对梦幻世界的追寻。

冰河湖里洗个澡

当你站在位于冰岛瓦特纳冰原南端的杰古沙龙冰河湖边时，不得不赞叹大自然的鬼斧神工，汹涌的冰川从天边一直延伸而来。冰舌伸到湖里，巨大的冰块滑入湖中，奇形怪状的冰块漂浮在湖面上，泛着蓝蓝的光。冰川消融使湖面逐年扩大，景色越来越迷人，但这也是全球变暖冰川消融的高昂代价。

此时，不知不觉就想起了陆游的《十一月四日风雨大作》——"夜阑卧听风吹雨，铁马冰河入梦来"，但没有了悲壮，只有由衷地赞叹大自然的造化成就了这雄壮的景致。

阳光下，风，呼呼地吹；气温，非常非常低。戴着厚厚的毛帽子、手套，也能感受到近北极圈地区的寒冷。

独一无二的冰河湖景色已经让我这个生活在南方的人吃惊了，但是更让我吃惊的是竟然有游客模样的人在冰河湖里游泳、嬉戏。学过物理的人都知道，冰水混合物可是零摄氏度，即便如此，在斜阳大风里，也吓不到有童心和冒险精神的人。他们淡定地在水里游泳、在冰块上跳跃，还不时叫同伴给他们照相。

人是自然之子，在大自然面前显得特别渺小，但也特别想融入其中。有些人的表现就是脱掉厚厚的衣服，跳入冰水中，抚摸来自远古的巨大的浮冰，在大自然的怀抱里享受亲近大自然的快乐，而我只有远远地观赏。

看似简单跳进冰河湖里"洗澡"的举动，其实反映了我们之间不同的心态和对待事物的态度。英国剧作家萧伯纳有句名言："对于害怕危险的人，这个世界总是危险的。"也有人说："冒险，是横冲直撞的创新；创新，是如履薄冰的冒险。"美国物理学家、2006 年诺贝尔物理学奖得主乔治·斯穆特曾对年轻人建议：理想远大，敢于冒险，尝试创新和发现！

但是，现在的男孩子们已不再"爬墙上树"，更不用说女孩子们了，"冒险"的游戏已离我们太远，对很多有趣的"冒险"乐事我们都教育小朋友远观、远观还是远观。创新精神不是教出来的，是"育"出来的。

看到一出在冰河湖里洗澡的实景剧，让我这个教育工作者感触颇多。

你的眼神

在社交礼仪中，与人交流时要看着对方的眼睛，躲闪的眼神是不真诚的，让人不舒服。有些东西是掩饰不了的，岁月、气质、咳嗽……还有就是眼神，透过心灵的窗户可以窥见你的喜怒哀乐，望到你的过往——是干净清透，是阳光率真，是深沉内敛，或是不满忧郁。

我在一个校长的眼神里，看到了满心欢喜、鼓励和掩不住的骄傲。

有一年年初，应美国学区教育长协会（AASA）邀请，我随国际交流协会到美国参加中美"千校携手"交流活动。每次出国，我最感兴趣的活动是到中小学访问，看不同社会经济发展水平、不同社会制度下的学校校长们是怎样办学的，是否有值得我们借鉴的经验。

到了帕利塞德斯中学（Palisades Middle School），我们得到师生们的热情接待。交流环节中有四名学生分享他们各自负责的社团活动情况和收获，他们的校长一直站在旁边，看着他的学生们的表现。让我印象深刻的是，在超过 30 分钟的时间里，校长的视线一刻都没有离开过学生。他面带微笑，眼神中是掩不住的爱意，满满的鼓励、欣赏，我当时受到的感染至今仍不能忘怀。

在教育学里有鼓励原则（激励原则），用鼓励的方式激发学生的正确行为动机，调动学生的积极性和创造性，充分发挥学生的主观能动性，让学生更好地成长。用好教育学上的原则不是生搬硬套，更不是说一套做一套，只有喜欢从事的教育事业，发自内心地爱学生，愿意为学生未来的发展提供支持，才能让这些原则从一个眼神里得到体现。

"虽然不言不语，叫人难忘记，那是你的眼神，明亮又美丽，啊，有情天地，我满心欢喜。"一首由苏来作词曲、蔡琴演唱的《你的眼神》，说的是爱情，但校长的眼神里也饱含爱意，一样叫人难忘、让人动情。他明确地让学生感受到鼓励和肯定，让学生们的心灵有一方晴朗的天空；校长的眼神是慈爱的，温暖滋润着学生的心灵；校长的眼神是情感的自然流露，这种情感超越了功利，是责任的体现。在校长充满爱意的眼神注视下的学生们受到了鼓舞，演讲起来就更加自信，更加阳光，更加灿烂。在这样的眼神关注和激励下，学生一定会全面发展，成为最好的自己。

不紧张，要从容

　　入境陌生国度，把护照递给海关官员时我是紧张的，因为不知道他会不会心情不好，把我拒之异国门外，这种感觉几乎无一例外每次都有。只有入境印章重重地敲在护照上，随着一声"enjoy the journey"，心情才放松下来。人为什么会紧张？！是因为对未知的恐惧。

　　除了对未知的恐惧外，想博得别人的关注和好感，也会产生紧张。

　　记得一次受邀参加一所国外大学的开学典礼，庄重又热烈的气氛让我印象深刻。印象最深的是中国留学生的表演技高一筹，整齐而精彩，但是我看到在这美好的背后中国留学生的紧张和焦虑，害怕有所闪失不能取悦来自自己国家的校长们，怕被其他国家留学生的表演比下去。我从心底感谢这些在乎我们感受的同学，感谢他们随时想要为国争光的心情，然而我欣赏歌舞的心情是打了折扣的，为这些学生不能心无旁骛地表演，好好享受当下的美好而感到些许惋惜。

还有一次，我参加市教育学会在谢家湾小学召开的学术年会，谢小的学生们为我们表演了各种有意思的节目。我发现其中一个小男孩手里本应该拿着和其他同学一样的杯子，但是他没有。不知是忘了还是上台时掉了，其中原因不得而知，但是这个小男孩并没有慌乱和不安，而是和其他同学一样快乐地表演，沉浸在音乐里，享受着欢乐的舞蹈，完全没有把杯子这件事放在心上。"喜欢做某事，并在其中获得乐趣。"这个男孩从容而淡定，忽然觉得在这群孩子里他最帅气！小男孩在表演发生突变时是怎样做到放松和享受当下的？是小男孩天赋异禀还是谢家湾小学"小梅花课程"的结果？我不得而知，然而他战胜了恐惧，让自己享受当下的过程而不在乎未知的未来，淡然处之淡然面对。小男孩的表现让我觉得他懂得"一切都是最好的安排"。

　　紧张源于对未知的恐惧，源于想博取别人的好感和认同。紧张使思考力和注意力不能集中，很多时候，紧张是负面情绪。要战胜紧张不是只有自信就行的，还要周围人的期望值不要超过当事人的能力范围；不要遇事就指摘；还要宽容和鼓励；不要在乎一时一事的得失；遇事从长远和整体考虑；不过分在乎别人对自己的看法和评价。知道了这些，作为家长和老师在教育孩子时才能有的放矢，避免让孩子在学习上用力过猛。事物都是一分为二的，要承认我们从未完全摆脱过紧张，如果把紧张分为弱的、适度的和过度的，有时适度的紧张可以使思考更快，表达更流畅。

最后以杨绛先生的一句话来结束这篇小文："人生最曼妙的风景，竟是内心的淡定与从容。"

只有 11 个学生的学校

因督导评估工作到了江西黎川县，我走进了只有 11 个学生的永兴桥小学。严格地讲，这只是一个教学点。

一个民族的希望和未来在教育——这不是在教育言教育。我们的民族穷了几百上千年，为什么还能走到今天，并立于世界之林？这就是老百姓重视教育的结果。到了永兴桥教学点，一下子让人觉得中国是有希望的。在来永兴桥小学之前，印在脑海里的是某国为了一个学生开办了一个学校，现在才发现在中国这已是再平常不过的事了。永兴桥小学二年级只有一个学生，好！那就让老师进行一对一教学。看到这样的场景，我除了感动还是感动。学校的校长没有什么高大上的教育理念，他就只有一个念头——让村里的小朋友尽可能地受到教育，让学生在家门口就能上学。校长把这样一个教学点管理得井井有条，老师和学生都有阳光、开朗的精神面貌。我发现这个学校非常的洁净，这样一来，校长的日常就摆在了我们的面前。

有人会说政府投这么多钱只为了这 11 个学生，为什么不让小朋友去中心小学就读？中心小学离这个村有三里远，让小学一、二年级的小孩走去上学不安全也不人性化。哪怕是为一个小孩子的教育，投再多的钱应该也是值得的吧！

现在、未来的国家之间的竞争，就是人才的竞争，就是教育的竞争。不要觉得上海的 PISA 可以进入全球前列，中国的教育就处于世界前列，其实中国广大农村的基础教育还比较落后，还有很长的路要走。只有把教育均衡发展做好了，中国的未来才可能是美好的！一个班虽然只有一个学生，或者一个班只有四个学生，但是当你看到这些学生求知若渴的样子，你一定会感到中国的未来大有希望。中国的教育任重道远，让我们一起努力！

我们应该谢谢一直工作在乡村学校的校长、老师和职工！

体验学习

　　细小的冬雨从阴霾的云缝里似有似无地漏下来，泥也有些软了，一只只穿着流行式样运动鞋的脚踩得泥地发出吱吱的声音，一群叽叽喳喳吵闹的少男少女走进了红苕地。来自武吉巴督中学（Bukit Batok Secondary School）的学生们，在学生处老师的带领下体验传统劳动——挖红苕。新加坡是一个国家，也是一座城市，几乎没有农业，来自花园城市的他们是重庆南开中学友好学校的学生。

　　今天，学校安排他们体验在城市里长大的孩子几乎看不到的一些农活，如挖红苕……让他们知道鸡腿不是长在树上的，红苕是长在地下的。除此之外，还让他们体验推豆花——重庆市民比较喜欢的一道菜。如果加上一碟蘸水、一碗白米饭，就成为路边摊名料理——豆花饭。在重庆各地的蘸水因原料不同，味道大相径庭，但共同点是都很辣。不吃辣的人是体会不出差异的——味蕾已被灼伤。

当然还有端午节必吃的粽子。从食品到文化，让传统的中国文化随着包粽子的体验，一齐传递给从新加坡来的孩子。不知麻绳扎紧没有？不然一煮就成了一锅粥了。

南开学生在高二下期期中考试后，都会去素质教育基地体验这些活动，不知南开高二的学生期待否?！

亲身体验到的东西可以使学生感到真实，在大脑记忆中留下深刻的印象，并可以随时回想起曾亲身体验过的感受，这是最好的学习。

高考，高考，高考！

恢复高考已 40 年有余，这是应该纪念的绝对的大事件。现在的学生可能认为高中毕业后参加高考是天经地义的事，但在 40 年前，这可是石破天惊的大事。

睁不开眼，看不清文字，做不出答案，试卷未做完铃声大作……这是经常出现在梦里的场景。显然，这是高考恐惧症候群的潜意识反应，我曾经就是这群人中的一员。

我是高考过来人，高考前几天突然降温，感冒找上了我。考试让我苦不堪言，高考结束后有一种虚脱的感觉，也有一种解脱出来的幸福。可高考对我来说不只是折磨，更让我学会了坚强和淡定，学会了坚持和隐忍……

女儿进入高三那年，看得出她的努力和辛苦，我告诉她如果考不上心仪的学校可以再复读一次——给考生减压是做家长的责任。她对高三的评价是变态年级，绝不想再吃二遍苦、受二茬罪。但是，再变态的迎考经历，都是她走向成熟、走向成功最重要的一步。

四十多年来，高考是很多人的梦魇，也是很多人改变命运的结点、走向成功的契机；高考让人纠结，充满泪水，但也让人惊喜，充满了希望和快乐。

高考一开始就让成才变得竞争激烈，独木桥式的行走让许多人身心疲惫。但高考也让我们知道公平是普罗大众永远追求的目标；努力付出总会有回报，也许不是立竿见影的收获，但读过的书、刷过的题，都会在今后的人生旅程中相遇；大文、大理的分科让人诟病，但在面对分科时学会了自省，学会了放弃；在备考的时候，父母与子女要共同面对巨大的障碍，只有协力才能突破，亲情中契入了一种悲壮的成分；面对考试的学生来说，只有"独自上场"，困难只有自己面对，其他的人都帮不上忙，结果是让自己无比坚强，无比坚强……

四十余年的高考，让我们知道分数很重要，但是身体健康、心理健康更重要；让我们知道了人生不只有竞争，还有互助和关爱。

高考，从来没有停止过变革。3+2、3+综合、地方自主命题、全国统考、六选三、七选三、新高考……所有的一切，都是在寻找成才之路、公平之路、复兴之路。

四十余年，对一个人的成长经历来说也许够长，但对于一个国家、一个民族的历史长河来说，只是一朵浪花。

马上又是一年高考，希望所有的考生加油！圆梦仲夏！

行万里路

TRAVELS AS FAR AS
TEN THOUSAND MILES

一千颗 "钻石" 在沙滩上闪烁

多年前去有 "日本景德镇" 之称的佐贺县有田镇观光，肚子咕咕叫时才发现，一上午在镇上快乐地买陶瓷竟然忘记了时间，一晃就到了吃午饭的时候。

由于镇上的年轻人大都离开去了繁华都市，镇上的陶瓷艺术家几乎都是 40 岁以上的人，镇子也显得落寂，很多时候店里没有其他客人。在只有五家餐馆的镇子上不可能有美食选择恐惧症。进了一家传统日本料理店，老板是一位和善老头，服务生是老板娘，帮厨的是老板的小女儿。想要的套餐老板告诉我没有，晚上才供应，并开玩笑说，晚上几乎也没有客人，只有好多山上的果子狸下来在餐厅门口讨吃的。

聊天中得知老板凭着自己的料理手艺盖了房子，养育了四个女儿，大女儿、二女儿、三女儿都去了大城市，小女儿愿意留下来继承他的手艺和餐馆。看到一脸满足和骄傲的老人，不由得感慨世界主要还是由平凡人组成的，平凡的人们在自己力所能及的范围内努力工作，发出微亮的光，温暖家人，温暖世界。世界需要各种"苔花"，正如社会学家费孝通先生说的："各美其美，美人之美，美美与共，天下大同。"

到了冰岛的钻石沙滩，看到一千颗"钻石"在沙滩上熠熠闪耀，真是感叹"努力做自己，为世界添美好！"

瓦特纳冰川不断滑落崩塌进入杰古沙龙冰河湖，巨大的冰块源源不断地从湖中流向泄湖口的河里，随着湍急的冰水被冲向入海口汇入北大西洋。但是海浪不随冰愿，它要阻止这些巨大的冰块流向远方，在巨浪的激荡下冰块又回到靠近杰古沙龙冰河湖大西洋海边的沙滩上。沙滩是由火山爆发而成的沙砾形成的，一望无际的黑。巨大的冰块返回沙滩，这些晶莹剔透的冰块在阳光照射下熠熠生辉，宛如黑丝绒上的一千颗钻石，让人流连忘返。

钻石人人爱，因为它能发出美丽、令人目眩的光芒。其实钻石并不发光，只是反射了阳光才让它光芒四射。如果没有光，钻石也只是一块黑炭。但可以反射光的不是只有钻石，一滴水、一小粒冰都可以在阳光映射下发出美丽的光芒，更不要说是一大块冰、非常大的一块冰，同样会发出钻石一样的光芒——钻石沙滩上到处都是能让人误以为是钻石的冰。

"白日不到处，青春恰自来。苔花如米小，也学牡丹开。"我不是钻石，我是冰，我是黑沙滩上的一块冰，我一样能发光、能闪亮，不惧融化成水，用尽全力发光，也不惘氢氧原子结合在一起的努力。

不同的阳台，不同的故事

作为房屋的附属设施，阳台在每个国家、每个地区以不同的造型出现。但每一个阳台上，却又演绎着不同的故事。

据说，只要到风景绮丽的意大利古城维罗纳的人，一定会去位于市中心卡佩罗路 27 号的小院，因为莎士比亚笔下的《罗密欧与朱丽叶》中朱丽叶的故居就在这个小院里。朱丽叶的故居是院内的一幢小楼，小楼上的大理石阳台正是当年罗密欧与朱丽叶上演爱情故事的场所。想象着，当年罗密欧在清冷的月光里，在阳台下静静地守候，时而抬头呆呆地仰望一会儿，抑或故事女主角在阳台上出场那一刻，让他内心拨弄着小鼓。那个阳台既写满了甜蜜的爱情，也见证了后来的各种情仇。

每逢特殊的日子，梵蒂冈的圣彼得广场上会聚集 20 万人之众，人们在此聆听教皇在阳台上播送晨祷词，接受教皇的祝福。这个阳台写满了权力和威严，阳台下满满的是信仰和虔诚。

这些阳台不仅仅是房屋附属的设施，它还远离了大众的普通生活，演变成了精神的舞台。我的阳台经验是晾晒衣物、喝茶聊天、打望（重庆方言）和晒太阳……在波尔多看到的阳台还是让我有点兴奋，它不是我经验中傻大黑粗、平淡无奇的阳台，而是显得有个性且充满艺术气息的阳台。这些阳台里也一定有精彩而不同的人生故事吧！

打伞的富士山

如果在外旅游到了某一个地方，能让你想起在这里生活的亲人或朋友，还特别想与他们见上一见的话，那足以说明这些人让你很上心、很挂念。

那年在日本游玩时，很想去见一见南开中学的棒球教练门胁亮太。门胁教练家住静冈县，地处东京、大阪之间，境内有令人为之神往的富士山。为了朋友和圣山，看来这静冈县是一定要走一走的了。

做好决定后，我与门胁取得了联系。他听说我要去，非常热情地给我发了一条长长的指南，介绍了东京到静冈的各种乘车路线、注意事项等。他则在家做好接待我的准备。

依照攻略，从东京到静冈乘坐了三个小时的电车。出站时，门胁已经在站口等待。看得出门胁也是难以掩饰内心的激动，就连母语都说得不够流利了。到时已近天黑，拜访了门胁的父母后，我们一起愉快用餐。餐后，人有些疲乏，准备休息。睡前，门胁神秘地告诉我，明天一早起床，记得推门远望，然后留下了一脸茫然的我。我想着那句话究竟是什么意思，想着想着就睡着了。

清晨起来，推门远望。天，脑海里、相片上、画册中的富士山此时完全还原在我的眼前。在美景面前，我变得词穷，找不到更好的词来形容。日本诗人曾用"玉扇倒悬东海天，富士白雪映朝阳"来赞美，由于没有阳光，所以没看到日本诗人描绘的"白雪映朝阳"这样的美景。有人在山底夸它雄伟壮丽，但令人惊奇的是，在富士山中上部，环绕了一层似云非云、似雾非雾的薄纱似的云带，远远望去犹如撑了一把雨伞。我飞奔回屋，取出摄影器材，啪啪啪啪，快门一阵乱按，生怕这等美景稍纵即逝。门胁很激动地告诉我，自己和父辈们在这里生活了几十年了，也没见过这样的景象。想来这是吉意吧。在这样的环境下生活，小孩子的好奇心会被无限激发，想象力会得到无限发展。

德国茶馆看过来

在中国，到处都有茶馆，特别是川渝等地的茶馆不可胜数，丰俭由人。豪华的茶馆焚香弹琴，洗得发白的木桌加几把竹椅，在竹林下也可品茗……在欧洲见得多的是咖啡馆和酒吧，茶馆很难一见。每年德国友好学校 GBN 中学的老师来南开访问，为了尽地主之谊，也让外国友人见识不一样的东方风物，我都要带他们到茶馆里去体验生活。在品茗的过程中如果还有茶艺表演，他们也就只有不断发出惊叹的份了！

后来有机会去到他们学校访问，卢腾校长一定要带我去见识一下德国的茶馆，也用敬茶的方式来感谢我在重庆用这种方式欢迎她，让她见识了中国茶文化的博大精深。

汉诺威的一个茶馆在大街上有不太起眼的门脸，但进去后别有洞天，大红、大绿和大花，也许就是用这种方式向茶的故乡——东方致敬吧？！茶的品种也多，但以红茶为主，没有见到类似中国绿茶的东西。因为茶叶大多是从远方进口而来，绿茶运到了也变成红茶了，不如就用红茶，简单而直接，泡出来的汤色也讨喜，高香红茶加上奶、糖，别有一番风味。

品茶和我们一样，非常有仪式感，各种壶、杯、盘和勺子放满一桌，但是茶文化和我们的就大不相同了。

我点了红茶，配的是淡奶油。茶泡好，亮红色的茶汤在白色的瓷杯里泛着金光。我用一把小银匙舀上奶油，慢慢滴入杯中的茶汤里，奶油缓缓沉入茶汤底，意想不到的事情发生了——白色奶油向上蹿升，在近茶汤面时，如焰火一样绽开，煞是好看。继而加入砂糖，用银匙搅拌，一杯香滑浓郁的红茶就可以享用了。当然，一定要有茶点，芝士蛋糕着实让人吃惊，比起娇小的红茶来，这块茶点也太大了点儿，不过对于嗜芝士如命的我来说刚刚好。

拥有不同文化背景的人们都喜欢茶，这就是常说的好东西大家都爱。

法国巧遇浪漫

　　朋友在香水店买香水，我就坐在店中的沙发上，由于有各种芬芳不时飘进我的鼻子，也就不觉得无聊。其实，有些事物不去体验是无法知道其中的妙处的。突然，旁边教堂钟声大作，我下意识地看了一下手表，既非正点也非半点，一定有什么特别之事吧！怀揣着好奇，我决定去看看。原来，一对新人在教堂里举行婚礼。

　　听说在法国开车一般是不鸣笛的，否则显得极端不礼貌。但有两种情况例外：一是有人违章，你为了表达生气而鸣笛；二是婚礼的花车经过时，其他人表示祝福而大声鸣笛。在进香水店前就听到一阵狂乱的喇叭声，当时只是惊诧，没有想到这是一场浪漫婚礼的序幕。

　　作为一个外人，冒失地进入一场婚礼显得不妥，我只有远远地给他们祝福，并用相机拍下这一幸福的时刻。由于太远，来宾的头在相机里显得比新人的头大多了，没办法，只有留下遗憾了。可能是我们东方面孔在这样的环境里显得比较出众，新娘的父亲热情地邀请我到最前面去照相，嘴里还不断地说："Beijing, China. Beijing, China..."当然，我也不客气，在最好的位置大照特照起来。后来才知道新娘的母亲头一年到过北京旅游，并留下了美好而深刻的印象，所以他们一家人在婚礼上看到有中国人都感到非常开心。

法式婚礼庄重、简单而浪漫。没有油腻的大鱼大肉，没有没完没了的调侃玩笑和捉弄，没有新人的疲惫……有的是快乐、别具匠心的祝福方式和新人的自信。经常听说因为可爱而美丽，其实是因为自信而更美丽，新娘的自信让她越发美丽。

这是一场简单的婚礼，更是一场浪漫的婚礼，我们巧遇了这场浪漫。

让我们祝福他们！

和顺古镇

远山茫苍苍，近水河悠扬。百家坡坨下，决胜小苏杭。

——李根源

和顺古镇，位于腾冲市西南四公里处。古有学名"阳温墩"，因有小河流绕村而过，命名"河顺"，后取其吉祥寓意"士和民顺"，便将其雅化为"和顺"。

和顺古镇历史悠久，始建于明朝。这里曾是马帮重镇，也是古"西南丝路"的必经之地。这里各种文化交织，坐落着许多祠堂和牌坊，褪去历史的尘埃和喧嚣，当你走进古镇，便能感受到鲜明的明清文化特色。由于大量中原外迁移民的到来，使这里的建筑既有徽派粉墙黛瓦的特色，又有西方建筑的神髓，有点儿偏东南亚和南亚地区的建筑风格。

历史的烟火早已褪去，今日的小镇安静祥和。

我来古镇时，正值春节来临，几乎家家户户都在家门口燃起了高香。他们笃信地祈祷上苍，赐福荫庇小镇，让这里风调雨顺，人杰地灵，家人安康。沿着古镇行走，我来到了陷河边，陷河里有抓河蚌的小伙儿。他看我走近，非要将小河蚌给我，让我带回家养。可是，让我犯难的是，我怎么把它们带回去？为了不拂他的好意，我欣然接下，离开他后，又在上游放生了。这些小河蚌，会不会又落到小伙儿手中？记得他告诉我，爆炒蚌片好吃得紧。我还问他，水中冷不冷？他说，冷得很，然后咧嘴一笑，继续抓河蚌。

　　和顺的人民友善、热情又乐观。

荷花尚未怒放时

仲夏来临，又到了和荷花约会的时间。我兴冲冲地拿起相机，还带上了托彭革从网上新购的肯高斯折返镜头，想要先睹凌波仙子的芳容。到了荷塘边才发现，荷花尚未怒放。我一时"丈二和尚——摸不着头脑"。往年此时，早已满塘荷香，到处都是荷花绰约的倩影，或藏叶间，或出水面。翻开手机一看，原来今年闰五月，看来我是太过急切，来得过早。这样看来，不禁要为我们的先祖们点一串赞——在秦汉以前就知道了闰月。荷花看来也知道时间还早，生物对自然法则的恪循真是妙不可言，不会不到，不会早到，也不会迟到。

正准备离开时，我发现不远处藏匿于荷叶间竟有几朵耐不住性子的仙子已悄然绽开了花苞。虽未盛放，但已有了几分仙子在绿色舞池中起舞的身姿，它们可是早到的精灵。湖水、绿荷、粉蕊，色彩各异，又相互映衬。就让新镜头、新心情和早到的精灵们亲密接触吧！

美好的东西需要等待。祖先们早有智慧，急必有失，躁必有过，看来凡事急不得。醉人的荷塘月色需要时间作为酵母，怒放时才会芳香四溢，景美醉人。

京都雪

久违了的清新的空气——站在京都贺茂御祖神社这个世界文化遗产前。

在京都这座人口不到 270 万的城市里，有 17 座神社、寺院和城堡被列为世界文化遗产，它既是日本具有代表性的旅游胜地，也是日本人心灵的故乡。这座城市是仿照中国唐朝的长安修建的，第二次世界大战时美军为了不破坏属于全人类共同的文化财富，放弃了对它的轰炸，才使我们今天还能一睹它的风采。现在这座千年古都是保存有传统文化的现代化大都市。

在京都最不能错过的就是到神社、寺庙里走走，体味一下日本独特的传统文化。

当天夜里，下了一场温柔的雪。清晨，我们到贺茂御祖神社时，看到两个红裙女子在白色的背景下持帚扫雪，非常具有日本独有的画面感。选好角度后，我按动了快门。尽管我的相机能捕捉、抓拍到这些瞬间，但对要还原这种独有的感觉和味道，还是无能为力。

　　这时的雪不多也不少。有了这点雪，贺茂御祖神社显得越发的美，用日本人的话说是独特的朱红神殿和白雪的映衬是不容易看到的绝佳景色。太阳还没有露头的冬天黎明，天空的美色让你呆在那里无法拔腿……

东大寺的鹿

东大寺是奈良颇具代表性的寺院。院内矗立着许多建筑，其中不少被指定为日本国宝，像东大寺就是世界文化遗产。但我最喜爱的还是寺院内的鹿。

本来鹿是奈良公园内的人气物，由于与东大寺相连，鹿可以到处流窜，因此东大寺里也有了好多的鹿，以寺院作背景更符合鹿作为"神的使者"的身份。这些鹿悠闲地在寺院里过着神仙一般的日子——在日本人的心目中它们就是神仙。饿了有大片的青草坪，渴了有清澈的池塘水，无事还可以晒晒太阳。但是人们不是只看看"神仙"就满足了，还想和它们有亲密的接触，只摸它们还不能表达内心的情感，还想对它们有所付出，最能表达心意的就是给它们喂食。一般情况下，来寺院的客人都没有准备食物，这就为商人提供了为"上帝"服务的机会。你花150日元就可以拿到几块专为鹿子们料理的饼干。然后，就可以让你心爱的鹿子们大快朵颐了。150日元的饼干没有几块，鹿多饼干少，这时，急不可耐的鹿会把你手上的寺院门票、导游图等当成饼干给吃了，又或者把你垫座的报纸给吃了，甚至一不小心还会把你带去的文件也"洗白"（重庆方言）了，那时可就追悔莫及了。但是鹿子们绝不吃小摊上没有付150日元的饼干——饼干就在伸手可得的地方。

　　这时也许你就知道了我为什么喜爱东大寺的鹿子了吧！鹿子不吃游客没有买的饼干，我想这是商人对鹿子们反复训练的结果吧！训练也是一种教育。想想我们常头痛于学生的行为习惯不好，"吃了没有付款的饼干"。反思一下我们的教育，可能我们对学生的训练还不够到位。"吃了没有付款的饼干"也许不是"鹿子们"的错，教育者是否有问题呢？我们知道教育不是万能胶，不是贴什么都管用，但是没有反复训练的教育绝不是完整的教育。

　　当然，教育学生不知比训练鹿子要难多少倍！

克拉码头的土耳其大叔

在新加坡，如果说还有一个地方非去不可，那就是克拉码头。码头位于新加坡河畔，这里曾经人来人往，车水马龙，是装卸货物的集散地。如今这个码头是集购物、娱乐、休闲、饮食为一体的快乐天堂。当你来到这个码头，你会感觉到这里是安宁幸福的港湾、快乐的海洋。

和友人决定去看一看，逛一逛。码头上有一个卖土耳其冰激凌的摊位，练摊的大叔超级可爱，付钱、拿东西走人的套路，在这里变成了付钱、耍宝、逗你玩、敲铜铃，最后你才能得到美味的冰激凌。土耳其大叔这种营销方式，给客人以快乐、暖心、舒适的新鲜感和购物体验。在这个过程中，大叔与客人交流充分，情感互动真诚。

很多人其实买的不是冰激凌，而是被逗得开心。一人买，众多人围观，气氛相当欢乐。你到了那儿一定要和土耳其大叔乐一乐。土耳其大叔认真快乐地工作，把快乐作为最好的商品传递给别人，让顾客不仅认可自己的产品，还感受到自己的温情。而围观的吃瓜群众想必也是想感受这种融洽和谐的氛围，土耳其大叔为自己的产品做了最好的推销和广告。

　　我们的教育是不是也应该由"三板斧"变成"多板斧"呢？让学生欣赏你的"产品"，认可你温暖真挚的人文精神，肯定你真情付出的奉献精神，笃信勇于革新的创新精神，这是教学最大的成功。其实，教与学并不是一锤子买卖，做好推销文案很重要，后期的服务更重要。

走马观花派克市场

1907 年，西雅图的农民、渔民为了避免被富商和中间商剥削，把自己种的鲜果、蔬菜送到派克市场（Pike Place Market）这样的小集市来出售。最初的派克市场叫"农夫市场"，刚开始时只有十几个小摊档，而且仅限于出售果蔬。随着时间的推移，农民把摊位租给渔民，这时鱼、虾等海产品慢慢多了起来，跟着又有了小餐馆、手工艺品铺子，派克市场的规模越来越大，出售商品的种类也越来越多。

可能很少有像派克市场这么大、这么活泼的市场了。市场由好几栋市场大楼组合而成，在第一大道的南侧从 Viginia St. 到 Vnion St. 这一大片都是它的范围。从清晨六点开始，鱼贩们的吆喝声就从市场里传了出来。在"Pike Place Market"的大招牌下面有一只金色大猪，它的名字叫"Rachel"，是市场的吉祥物。特别的是，金猪的背上有一投币孔，欢迎游客投币捐款，款项用来进行市场维护，让它始终保持动人的面貌。

走进市场，一个个可爱的小摊不断地展现在你的面前。水果色彩斑斓、蔬菜丰富特别、鲜花娇媚美丽，没有印象中市场的脏乱，而是让你充分享受色彩和芳香。除了生鲜物品外，还有非常多的小餐馆，在市场内就可以品尝到各色美食。刚刚出炉的面包、手磨香醇的咖啡都是让你流连市场的理由。

你还可以到市场中人气最旺的咖啡馆——星巴克咖啡的第一家店，从1971年开张以来，店内的装饰和陈设都维持了原样。每天都有很多星巴克的"铁丝"（铁杆粉丝）到门口拍照留影。当然，还可以到AthenianInn餐厅幻想当一次电影主角，因为该餐厅是电影《西雅图不眠夜》的重要场景，汤帅哥的浪漫出演给很多人留下了不灭的记忆。

最有特色的是派克市场的鱼贩，他们把鱼抛得高高的并不断大声吆喝，这可是一门技术、艺术加体力的活儿。最重的鱼有15公斤，以前鱼贩们相互传鱼的技术，现在成了吸引观光客的手段。每天上午有一个专门的活动，鱼贩会把一些鱼抛出摊位，观光客可以拾起并据为己有。不过你要小心，当你为拾得一条鱼而高兴时，鱼贩们如果在窃笑，意味着你拾得的可能是一条塑料鱼——这是鱼贩与你开玩笑呢！在笑声中又继续我们的派克市场游。

在派克市场可以耗上一整天的时间。

快乐地工作

工作快乐，人生便是天堂；工作痛苦，人生便是地狱。

——高尔基

逛派克市场是到翡翠城西雅图的必游选项。在一个转角处，突然听到优美的歌声如仙乐飘来。原来是一个擦鞋师傅在工作空隙优美而深情地歌唱，无伴奏、无同伴，一个人沉醉在自己的音乐世界里。那一刻，仿佛置身于金碧辉煌的音乐大厅里，让我沉醉其中。一个擦皮鞋的黑人大叔，在世俗的眼光里，应该是生活不太如意、叹气抱怨比较多，怎么可能有如此干净而清爽的嗓音？如果有，这只可能是一个保持有一颗纯真的心，热爱自己所从事的工作，活在脱俗的、快乐世界里的充满希望而纯粹的人。歌声让人着迷，让人宁静。

这家只有一个人的擦鞋店的广告是："翡翠城不会有脏皮鞋……到Willie擦鞋店来吧！"一定要让黑人大叔为我擦一下本来就很干净的皮鞋。

我坐在高高的擦鞋凳上，看着他娴熟的动作，和他愉快地聊天，知道他还把音乐刻成 CD，出售给擦鞋的客人。擦了皮鞋，又听了现场歌声，还买了擦鞋大叔的音乐，真是很难得的际遇。由于黑人大叔的妙音，又引来一位戴红帽子、挂满白须的路人大爷加入歌唱中，一起和声。两人珠联璧合的演绎，让这场不插电的音乐会臻于完美，真是不虚此行，值回票价。擦个鞋也可以这么不寻常！

这次难得的体验，让我看到了一个享受工作——哪怕是看似简单工作的平凡人，看到了热情地投入工作的职人，看到了给人带来莫大温暖和快乐的黑人大叔。这次际遇更教育了我，有时做什么样的工作或许身不由己，但能否快乐工作的关键却取决于自己的心态。工作不分高低贵贱，只要专注、专业和享受，并让人感到温暖和快乐，就一定会把任何平凡的工作做成大事。

我的"百草园"在哪里？

在一个细雨蒙蒙的下午，我到了绍兴。一直以来，鲁迅的《从百草园到三味书屋》是我向往绍兴的重要理由。一下巴士，坐上出租车，马上跳出嘴的是"司机，我要去鲁迅纪念馆"。

鲁迅纪念馆高大气派，旁边的周宅就显得简陋多了——毕竟不是王府呀！几间房屋里也没有什么家具，周家破落后，值钱的东西不是当了就是卖了。最让我激动和期待的是"百草园"。从光线晦暗的灶房走出来就到了百草园，这是百草园吗？是的，圆门上"百草园"三个端端正正的字明确告诉了我。可是，可是完全没有了我心目中"百草园"的样子。菜畦还在，但太过规整，油蛉、蟋蟀们已不知去向，更没有遇见蜈蚣；光滑的石井栏也不知所终；小珊瑚似的覆盆子、臃肿的何首乌……我少年时代神往而可爱的"百草园"怎么没有了书中的样子？失望真是难以言表，还好鲁迅拔何首乌毁坏的泥墙还站在那里。

　　"三味书屋"还在那里，"三味书屋"匾也在那里，肥大的梅花鹿伏在古树下的画也在那里。先生不在了，可以想象先生坐在太师椅上可爱的样子。我是喜欢这位先生的，因为他可以让小鲁迅们这帮顽皮的学童到院子里去折蜡梅花、寻蝉蜕、捉苍蝇、喂蚂蚁，只要时间不太久，否则先生会在书房里大叫——"人都到那里去了？"然后，顽童们就回到书房读书，先生也读，先生读到入神时，学生们又玩起了纸盔甲套在指甲上的把戏……好快乐的读书生涯哟！可爱的学生，可爱的先生。先生没有回答小鲁迅"怪哉"这类问题，但我还是喜欢他！

　　现在的学生、老师还有自己的"三味书屋"和"百草园"吗？

去了还想再去的西藏

遥远，不一定是空间、时间，更多的时候，源于心里。那一年我去了"有蓝天、白云的圣秘之地"——西藏。

到西藏后我就成了"酷哥"——因为缺氧嘴唇一直是黑色的（最酷的唇膏颜色）。万幸的是晚上还能入睡，不然就要有高原反应了。根据过来人的经验，下飞机后一定要慢动作；第一天在酒店待着，什么地方都不要去；头天晚上不要洗澡……照葫芦画瓢，果然就没有高原反应。

在拉孜的夜里看见了有生以来见过的最美的星空，星星像缀在黑色天鹅绒上的巨大的钻石，闪闪发光。

日喀则街边的藏餐馆是我想体验藏餐的地方，但是同伴们却要选择川菜馆，最后拗不过他们，到了一家川菜馆用餐，真有点身土不二的味道。

去定日的路上，在一条清澈的小河边，有两个没穿衣服的藏族小男孩在放牛，我想把他们和风景放在一块收到相机里，可是被他们拒绝了。在几张小钞的引诱下，终于如愿以偿。后来觉得自己有点可耻。

每次中途下车休息，藏族小孩在很远的地方看见我们就会飞快地跑过来，为的是要空饮料瓶，再拿去换钱。为了带给这些小孩更多一点快乐和少许的帮助，我们就把在酒店节约的一次性用品、笔、稿纸等收集起来，到时连同一些水果和小吃分发给他们。我们的藏族司机尊珠让我们不要给小孩钱，不然他们会习惯成自然，养成不劳而获的习惯。尊珠是一个非常纯朴的藏族小伙子，他有自己的想法，他常说藏族小孩如果读了书，今后他们就不会贫困了。

西藏有最撼动人心的湖光山色，有最让人心旷神怡的蓝天白云，但最爱的还是西藏的人文氛围——叩长头的信众、辩经的喇嘛、快乐的小孩、劳作的藏民，纯洁而虔诚的气氛始终环绕在你的周围。那时你方才感觉到自己远离尘嚣，离群索居，神游九霄，内心却源源不断涌来无比的震撼。

山就在那里

马特洪峰的美早有耳闻，但是没有亲身经历，那种美只存在于文字与图片中。山在那里，吸引力就像处在无底深渊的边上。马特洪峰海拔4478米，由于其引人注目的三角锥形状，是阿尔卑斯山辨识度最高、最美丽的山峰，也是瑞士最为骄傲的象征。2001年，马特洪峰与云南丽江玉龙雪山结为姊妹山峰，对玉龙雪山的喜爱完全可以被转移到马特洪峰上。

采尔马特镇就在马特洪峰山下，而它也是离这座美丽的山峰最近的小镇，一般登山者都是从这个小镇出发去往马特洪峰的。这个小镇是一个宁静、美丽的小山城，镇内没有燃油汽车，只有电动车、自行车和马车，从火车站到哥特式小教堂的距离是镇子的整个长度，约1500米，步行只需20分钟。镇内有酒店、餐厅、咖啡馆和卖登山装备的小店，还有保留下来的超过几百年的古木屋。

到达采尔马特镇已是黄昏时分，一眼就看到了马特洪峰，在余晖里云遮雾绕，这一眼让我心跳不已。在酒店放下行李就跑过小教堂，往山边去，想尽可能地靠近它。沿着水急湍流的小河一路向前，时不待人，很快，马特洪峰就隐入天鹅绒般的夜幕里。暗自发誓明早一定要在日出之前起床，如果运气好，可能看得到"日照金山"的马特洪峰。查了日出时间，上好闹钟，睡个香甜觉。

早上被闹钟惊醒，顾不得梳洗，冲出酒店，迫不及待地和山来场美好的约会。运气不期而至，天气好得让人不敢相信，万里无云，空气清新透明，还有几颗星星眨着眼睛。到山下河边找好看山的好位置，此时上山的缆车已开动，有零星的早起者已上山。由于没有上山的计划，我就在河边等日出的那一刻，这也为下次的计划留点空间。据说住在山上马特洪峰对面的酒店是看马特洪峰最好的选择，但是，预定时间已排在明年的八月了。在旅途中几乎没有早起的习惯，除非有惊喜在等我，这次早起是为了山——马特洪峰。

天一寸一寸地亮了起来，第一缕阳光照射在马特洪峰山尖上，再一寸一寸地照耀在识别度非常非常高的三角锥上。山峰先是金色，然后是浅红色，然后是大红色，然后是银色……在不到 10 分钟的时间里，马特洪峰最美的容颜毫无保留地展露在我的眼前。

山就在那里，它对我的吸收力就像"面对无底深渊的诱惑，让人束手就擒"。

瑞士马特洪峰 / 采尔马特小镇的居民会不会对这样的风景视而不见?!

里约热内卢 / 住在美景里的人是不是都是幸福的？

布宜诺斯艾利斯 / 这就是在我脑海里勾勒了无数遍的"阿根廷浓郁"

天津王家大院 / 福没倒，也很喜庆！

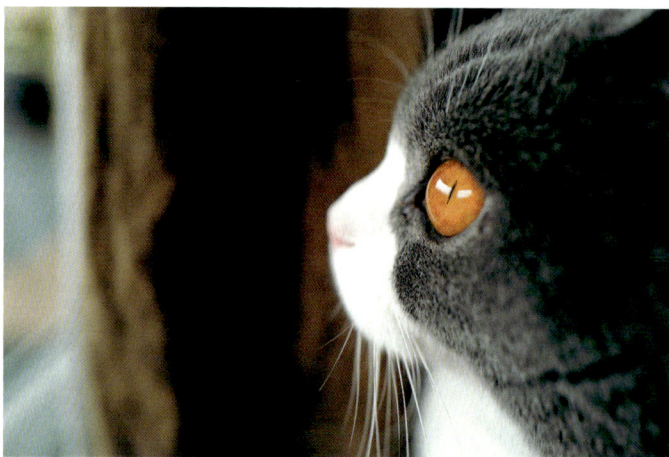

我家的猫 / 约瑟夫总在窗前好奇地张望

身边的古镇磁器口

"一条石板路，千年磁器口。"说的就是我们身边的古镇——磁器口。磁器口太近，打的去不过 10 元钱。

磁器口对我来说是一个特别的地方，平时不会想到它。想到它的原因有二，一是有外地、外国的朋友来重庆玩，二是想放松时实在找不到地方。唉！它有点像一些非常非常要好的朋友，只有最需要、最无助时才会想起来。

磁器口是集传统、现代和红色教育于一体的古镇。

明代的技巧、清时的勤劳、近代的繁荣恍惚如在昨日，瓷器已成为历史，留下的只是那磨得光亮的石板街面和穿上了古装衣服悄然林立的现代店铺。古镇近年来大兴土木，好看、光鲜、亮丽，但有点假古董的样子了。有时人只在乎形式，假古董亦可慰藉烦躁的心，以前小家碧玉般的古镇现在也不免落入了包装的罗网。姑且不管，只要像古董就行了。其实很多东西都不怕旧，就怕脏；其实古镇可以不漂亮，只要干净就行了，何必非要形式上的古董不可呢！

古镇有很多的缺点，但我还是常去那里。因为古镇还有织布坊的笑声、丝绵被的温暖、制麻花的技艺；还有浇糖人的可爱、捏面女的巧手；还有在重庆快要消失的吊脚楼；还有让人口水长流的椒盐花生、烧白、蒜泥白肉、毛血旺、油炸麻花鱼、河水豆花和羊肉笼笼……还有……还有可恨的油炸臭豆腐。

身边的古镇，越近让人越亲切，有时间还是要到磁器口好好走一走。

台湾雅客之家

　　到垦丁时已是夕阳西下的时候，热浪还在街头流动，人也显得稀少。但一进了"雅客之家"，凉爽的气息一下子包围了我，除了有大功率的冷气之外，还有别的原因。

　　雅客之家是垦丁街上的一家度假旅馆。在雅客之家，一定要到圆弧形景观露台眺望海天一线；在房间的小阳台上欣赏游泳池畔光景，跃进池中让温柔的水抚摸一下，或者躺卧在凉椅上享受日光浴；到海边沙滩舒畅身心，与海风来个约会，有意义地浪费一点时间；累了，困了，就回到雅致的房里，慢慢地进入梦乡。

　　让你身心凉爽的主要原因是整个度假旅馆到处是"鸭子"。这些鸭子有木雕的，有玻璃吹的，有石头的、铜的、铁的，有景泰蓝的……有从非洲来的，有从欧洲来的，从北京来的，有从东京来的……满桌、满架、满墙……到处都是鸭子。

因这"雅"与"鸭"音近，所以度假旅馆的主人寄情于鸭子，到世界各地旅游时带回了不同的鸭子。还有的回头客由于喜爱这个个性十足的度假旅馆，也带来了当地的"鸭子"，所以五大洲的"鸭子"都在这里集合了。"雅客之家"就变成了"鸭客之家"。

在一个有很多鸭子又有水的地方，不下水嬉戏岂不是浪费？逛完垦丁街、喝光夜啤酒，回到雅客之家已是午夜时分，发着蓝光的游泳池里空无一人——心想这是给我留的。结果是夜晚10点后游泳池消毒不再开放——我自作多情了。

幸好，回到房间还有 UCC 咖啡喝，真是惬意，然后伴随涛声入眠……

不过，雅客之家的餐厅菜单里并没有鸭子，想来也是爱鸭人不忍心吃鸭子吧。

雅客之家虽不是豪华酒店，但绝对是一个有个性的住所。独特的才是吸引人的，贴近人的才是温暖的。

微笑的柬埔寨

　　地处东南亚的柬埔寨，不仅有太久远的历史和太深厚的文化积淀，还有十分善良虔诚的人民，但这里也遭受过太多的苦难。

　　柬埔寨是历史悠久的文明古国。吴哥王朝，曾创造了让世界为之惊叹的吴哥文明。可是从 20 世纪 70 年代开始的战争，为她的这份古老和悠久添加了一道淡淡的忧愁和深深的伤痕。虽被外来入侵之敌践踏过，被自己的同胞、政党、军队倾轧过，但这个古老的民族还是以乐观的心态接受所有的一切。

　　如果要问柬埔寨给我留下最深刻的印象是什么，那就是微笑。这是柬埔寨独有的微笑。苦难给予一个民族伤痛和灾难的同时，也为这个民族注入了笑对苦难的平和心态，磨砺了这个民族坚韧不拔、不屈不挠的脊梁精神，培育了这个民族勇抗强敌的抗争精神。无论你走在金边繁华的街头，还是吴哥古老的寺庙里，遇到的人都是那么亲和、谦逊和真诚，他们的微笑总是挂在脸上。实际上如果细心观察，你会发现在庄严古朴的吴哥窟里的石像也有一尊微笑的尊者。微笑就像是温暖的阳光，能消除隔阂，跨越言语不通的藩篱，弥合无形的伤害，化解激烈的冲突。微笑不会使你感到一丝的寒冷。

　　柬埔寨的人们似要用这种微笑忘记那些消磨人意志的苦难，重新出发，那就让微笑始终挂在柬埔寨人的脸上吧。

喂海鸥

在大理，除了苍山洱海，有些活动还是值得尝试，比如去茈碧湖喂海鸥。

云南的海鸥有些特别，它们的嘴喙有的鲜红、有的淡红，由于外形特征显著，因此得名"红嘴鸥"。红嘴鸥并不是云南本地的，这些海鸥，每年十一、十二月振翅远离遥远的故居之地西伯利亚，从贝加尔湖穿越俄罗斯和整个中国来到温暖的云南躲避寒冬，第二年三四月间又离开飞回故乡。这些小精灵在云南算得上是移民了，但从来没有办理过过境证。

和朋友商定后决定组队去茈碧湖看红嘴鸥，顺便带些吃食招待一下这些远道而来的客人。当我们到了茈碧湖，才发现湖面空空如也，只有微浪和秋风，丝毫找不到红嘴鸥的踪迹。事与愿违——红嘴鸥没有来，我们来的时间不对。其实，这就是我们常说的"人生不如意十之八九"，接受我们意料之外的结果也是一种修行。

当我们准备离开时，再回望一眼，我却捕捉到一幅绝美的渔舟唱晚图：远处的湖面、巍巍的群山、天上的云雾，近处的水、湖面的小舟。于是，我拿出相机，飞快地按动了快门。这张照片也算是"失之东隅，收之桑榆"吧。

我和演歌的约会

生命历程中有些印记很难除掉。

听着邓丽君的歌长大，所以到现在还一直喜欢她，只要有她的新唱片，一定是要买下的。到日本才发现她的演唱风格和日本的民歌——演歌如出一辙，我一下子就被演歌迷住了。

演歌，是日本流行的具有民族特色的一种歌曲，起源于明治维新时代。当时因宣传自由民权运动而形成了"演讲的歌曲"，主要用于宣传政治主张。人们把宣传的内容谱成歌曲，在街头巷尾演唱。后来，演歌成为艺人们兜售歌本的唱曲，在三弦、月琴、手风琴或小提琴的伴奏下，在街头边唱边卖歌本。20 世纪初，演歌则用来讽刺世态炎凉、叙述爱情悲剧，因此又称"艳歌"。20 世纪 60 年代演歌走向现代化，它采用日本传统发声法，成为具有鲜明民族音乐特征的歌谣，是日本人普遍喜爱的一种艺术形式。今天在日本，几乎人人是歌手，业余创作演歌的人多得不可计数。每年除夕夜，闻名全国的 NHK 电视台红、白两队的大赛中就有演歌，这已成为盛大节庆的一景。著名的歌手更是人们崇拜的偶像。演歌的伴奏采用了西洋乐器，这使演歌更加丰满动听，它从街头巷尾走进室内，又登上了大雅之堂。女演歌手唱得婉约、柔美，男演歌手则大气、豪放。现在演歌的内容大多是风花雪月、人情冷暖、日本风物，但也不乏歌颂大自然、励志向上的上乘之作。

有时对人与事的喜好真是没有理由。不经意看到一则电视广告，广告的内容已忘了，但广告音乐是被日本人称为"人民歌手"的美空云雀配唱的，一曲《像时光流逝》优美大气，直抒情怀，没有一点无病呻吟的造作，把演歌的精髓表达得淋漓尽致，让我难忘，真是一次不期而遇的约会。美空云雀曾获日本国民荣誉奖，是日本大众非常喜爱的艺术家。秋天到京都岚山看红叶时专门参观了美空云雀纪念馆。华美的戏服、精美的剧照固然吸引我，但更让我感动的是她的歌艺和为演歌倾注一生心血的精神，她曾说过演歌是她的生命。在漫天飞雪的季节，捧一杯浓香的咖啡，在温暖的房间，让美空的歌声环绕着，深深沉醉在冬日与演歌约会的快乐里。

　　说到演歌，不能不说邓丽君。她是日本最有名气的华人歌手，凭一首《空港》当选当年"最佳新人歌星赏"。1984 年推出《偿还》专辑，立即打入日本唱片流行榜，停留榜内近一年，刷新了日本乐坛历史纪录，获奖无数。1985 年凭借新歌《爱人》连续 14 周蝉联日本广播"点唱流行榜"冠军，并再夺"有线放送大赏"，同时在日本乐坛创下两项历史纪录。也许她的日语发音中有几个音不是特别地道，但她那娇艳的歌喉，全情地投入，丝毫不比唱母语的日本歌手逊色。她演唱的演歌填上汉语歌词后，在华人世界一样大受欢迎，如《空港》成了《爱人》，《时光如水》成了《我只在乎你》……邓丽君在唱汉语歌曲时的发声方式有很深的日本演歌痕迹，但用气更轻盈，尾音抖动幅度更小，她把日本演歌的唱法和自己独特的气声唱法完美地结合在一起——成就了邓丽君。真是美乐无国界，美好的事物会感动任何人。

记得一个冬天去欣赏一个叫"参羽奏"乐团的音乐会，由西尾良一的三味线、田村仁美的小提琴和秦内呆的电子合成器演绎的《与作》把我感动得无以复加，朋友告诉我这是由北岛三郎的演歌改编的曲目。第二天我就到唱片行买了北岛三郎有《与作》的演歌集。一听钟情，北岛三郎也就成了我最爱的男演歌手。他歌唱的少有花前月下的娇情，也没有粗浅的乱吟，他的歌是北国、是松林，是农舍上升起的炊烟，是每日淡淡地过日子的众生，而他更像是邻家男子气十足的大叔。《与作》是我百听不厌的作品，他用一副高昂而多情的嗓子把日本农家男人的劳作、女人的艰辛和家的味道表现得淋漓尽致，歌声中你还能听到男人内心燃烧的激情。他的《海》也是我的至爱，这是一种用男人深情述说的方式来表达岛国人民对海的依赖、敬畏的情感。每次听到这首歌，眼前总会浮现出海鸥、海豚、人与蓝天、碧海融为一处的美好图画来。听北岛三郎的歌就像两个好朋友谈天说地一般，快乐而真诚。

在日本紧张的生活节奏中能听到如此优美、感人的演歌，真叫人身心放松，就像午后的一杯日本抹茶，静气而祥和，让你忘了尘世的喧哗和纷争，进入一个只有与音乐约会的世界。

喜欢一座城

　　人们一般会喜欢自己的出生地，因为那里有亲人和朋友，有儿时的玩伴，还有记忆中妈妈的味道。岁月流逝，在人生的际遇里很多地方会擦肩而过，有的城市，真的无法忘记，对我而言，佛罗伦萨就是喜欢的城市之一。

　　到达佛罗伦萨时已近黄昏，走在窄窄的小巷里，小店的门半掩着，没有了大都市的喧嚣和人山人海。马车拉着游人在身边悠闲地踱着步子，车上的人也不着急，目光顺着小巷随便游离，管它车子走向哪里。斜阳从前方巷子的缺口射进来，阳光撒在厨师的肩膀上，所有的食物都镀上了金黄，意大利料理不美味才是怪事。

　　市中心还有旋转木马，小孩坐在上面欢声笑语，爸爸妈妈在旁边像欣赏一幅动图一样，欣赏着被苹果描上金边的小脸。晚餐还有些早，就去一家据说有最好吃的巧克力的甜品店，买上一客冰激凌，阳光就融在了奶油里，华灯初上。

街边的餐座开始热闹了起来，但是巷子深处的小馆子才最美味。一定要点传统的意大利面，浓郁的肉酱和弹牙的面条纠缠在一起实在是很意大利，然后是牛排，然后是可以当甜点的各式各样的奶酪。厨师一定是"上得了厅堂，下得了厨房"的标准意式帅哥，他在忙进忙出的时候，欢乐的情绪感染着每一位客人。据说前几年还是只有两张桌子的小店，现在已是楼上楼下高朋满座了，好吃才是王道，大家都会喜欢又充满欢乐又不乏美味的小巷里的餐馆。还有就是超高性价比的意大利红酒，非常好喝。

早晨，天刚刚发白就起床，沿着阿尔诺河慢慢地散步，几个人从你身边跑过，看来不管哪里都有热爱早起锻炼的人，宁静而古朴的气息里充满了活力。阳光开始一点一点地照耀在河对岸的屋顶，古建筑的倒影投射到镜面一般的河水上，光影、物景、水波交融在一起，还以为身在拉斐尔营造的梦境里。

阿尔诺河上横跨着七座桥梁。一定要在早晨去走一走，你会感到时而走进光里，时而隐进阴影中，看到河面慢慢亮起来，不由得生出光阴如流水的感慨，多少名人曾在这光影里出没，有达·芬奇、米开朗基罗，有但丁、薄伽丘，还有伽利略和提香……

作为欧洲文艺复兴运动发祥地的佛罗伦萨是一个承载了太多历史的城市，身在其中觉得太微小、太年轻。但是能和这些历史伟人共处一地，真是让人莫名兴奋。人在历史的长河里沉浮，显得如此渺小，但是伟人们像乱墟里的钻石，始终闪耀着不灭的光芒，让后人仰望、感动、流泪。

傍晚时分，一定要去米开朗基罗广场，广场因中央有米开朗基罗的大卫雕像复制品而得名。广场位于阿尔诺河对岸的半山腰上，在那里可以俯瞰整个佛罗伦萨和穿城而过的阿尔诺河。最激动人心的是看余晖照耀下的佛罗伦萨，太阳慢慢划过教堂的尖顶沉入远山，那一刻万物寂静，只有莫名的感动充满全身。当太阳落下山的那一刻，所有在场的人都不由自主地鼓起了掌。正应了那句话："我还来不及道别，你已离去！"

不会无缘无故爱上一座城，也许是因为那里有趣的人、那里美味的一餐、那里感动人心的景……

心中的桃花源

陶渊明的《桃花源记》几乎是每一个中国人都熟悉的古文。从小就知道那是陶大诗人的理想，可是到了酉阳的大酉洞，不禁让人想到陶大诗人一定是在现实中的什么地方看到过桃花源，不是在酉阳就是在湖南省西北部的桃花源。据说现在两地都还在打官司，争夺谁是正宗的桃花源。又据说中国有很多像桃花源的地方，看来陶大诗人是东游西逛后综合了全国所有桃花源的特点写出的《桃花源记》。

此处不表。大酉洞边有一小溪从洞中流出，即使冬天也不会枯竭。沿着小溪而行，桃树遍布，芳草萋萋，落英缤纷，小溪边还有一个小亭，叫"问津亭"。

走进洞中，洞顶处有个藏书的自然天洞。据传，秦始皇焚书坑儒时，咸阳一儒生为避难逃生至此，与世隔绝而居，所携之书，则藏于这天生楼阁石室之内。

　　再进洞内，豁然开朗，有良田数十亩。我去时正值初夏，良田中有秧苗、荷花和桃树，说是儒生洞内开田自给自足、闲读诗书以自娱自乐的地方。

　　一路走来对照《桃花源记》，大酉洞确实像桃花源，以后一定到湖南省西北部的桃花源去，我来看看到底哪个更像陶大诗人笔下的桃花源。不过我说了可不算。

　　很是期待桃花盛开时的桃花源。

幸福的等待

一天，朋友们邀约到池塘钓鱼，可我对钓鱼一直没有耐心，但是为了不让大家扫兴，我也到了池塘边。在艳阳下，在蚊子包围中，长时间盯着浮标却没有鱼上钩使我兴趣索然。有时看到浮标动了一下，以为有傻子鱼上钩，其实那是我不耐烦地拿着渔竿的手在动。

请教同去的朋友为什么有如此好的耐心和兴致，像雕塑一样站在那里紧盯水面？其实最值得渔人等待的是鱼上钩的那一刻，用朋友的话来说，拉钩的时刻有一种幸福感。这种感受我在那天没有亲身体会到——没有一条鱼愿意咬一个没有耐心的人的钩，但从朋友陶醉的样子中是可以想象的。真是没有在烈日下、蚊子中的等待就没有这一刻的幸福呀！

等待是一种心情，也是一种修养，只有等待机会才会品尝到丰收与欢悦。其实我们对学生的教育有时也是需要等待的。你传递给学生的解题技能、人生感悟、谆谆教诲，想要浸润他们的心田，就需如涓涓细流，流之趋远。

他们需要时间去慢慢消化，否则这些好东西通过囫囵吞枣的方式，其结果就是只长肚子不长个儿。我们也需要等待他们成长，等待他们懂事，等待他们能体会做师长的良苦用心，等待他们成长为一个有责任心的人，我们需要等待，等待……

只是我希望这种等待不要过于长久。

选择你喜欢的表达方式

手机收到 A 老师从美国发来的短信，她替朋友问我：我们十年前一起到美国访问时曾经去过的一家中餐馆在什么地界，叫什么名字。收到短信的那一刻，我陷入了沉思，各种回忆的画面在我头脑中蔓延开来。但无论我如何冥思苦想，都无法回忆起那个餐馆的名字。突然，我想到去美国中餐馆这么重要的事件，在我这里应该会以什么方式来记载或呈现。我迅速地翻看电脑里的图片，终于找到了我们当初去光顾过的那家中餐馆。我将带有餐馆名字的照片和周边的一些建筑的照片发给了该老师，她很惊喜。

我们每个人都有自己喜欢的表达方式。有的人喜欢在行笔转动间记录经历，有的人喜欢用微博记录过往，有的人喜欢用图画的方式回望过去。我喜欢的表达方式是照片。我喜欢用有象征意义、让我充满好奇、让我惊讶，抑或铭心刻骨的图片来记录我的行与思。所以，无论到哪儿我都随身带着手机或者相机。我并不是超级发烧友，我只是不想错过每一个精彩瞬间。我想用照片为每一个令人难忘的时刻镌刻下时间的铭文。当互联网技术还不发达时，我常会把这些东西分类打包，放在电脑文件夹里保存起来。经过长时间累积，目前，我电脑中的图片已经超过 30 万张，包括一些时间很是久远的图。现在，我常在微博记录所见、所闻、所思。有人曾问我："田，你发这么多微博，拍这么多照干什么？"我笑了笑，并未作答。或许在他们看来，我的行为有些怪诞。也许有人会想，我时常发布微博是不是想当知名"大 V"，这一切都不是我内心的答案。我的微博时常处于更新状态，基本每天都有新内容。其实这些新内容不是为了博得喝彩和点赞，我也未想过给别人看什么，这里的所有内容其实最想给的人是自己，给未来的自己。或许有一天我会老去，我也会忘记在某一个时刻什么景象触动过我，但当我滚动微博的那一刻，那熟悉的记忆便从记忆的荒漠中焕发新的生机，好像一切就在昨日，是那么的真实。

为了让我们的工作有更高的效率，生活更加舒适、惬意，我们应选择一种自己认可、舒适、便捷的表达方式，将这些表达方式融入我们的生活和工作习惯，成为生活的必需。表达方式应不拘泥，可书、可诗、可歌，可咏、可叹、可铭。这些表达方式不仅在见证现在的你，更可成就未来的你，或许在某一天真正能见天见地见本心，遇见未来，遇见你！

玉水寨水如玉

泉眼无声惜细流，树阴照水爱晴柔。

——杨万里

玉水寨，位于丽江坝子以北的白沙乡，背靠纳西族神山玉龙雪山，面向丽江坝子。寨子内有众多富有地方特色的人文景观、各种民族舞蹈展示和祭祀活动，但这都无关紧要，水才是玉水寨的灵魂。

据说，玉水寨是纳西族中部地区的东巴圣地，在纳西语中意为白鹤戏水的地方。可能季节不对，在玉水寨没有看见白鹤，也就更看不到白鹤戏水了。但这里的水——如玉，虽无白鹤戏水，同样让你心旷神怡。

玉水寨的水是从山上神泉口流出的，流出来的水经过不同的地势，水像高低有致，呈三叠状，故称为"神龙三叠水"。由于人们对神龙三叠水的深深信仰，三叠文化融通于这里的生活。无论从建筑到服饰，从饮食到家居，从出行到休闲，处处都可见"三叠"的神和形。

寨内神泉碧绿清透，流出的水呈梯田之形，依山顺势而下，一梯一梯地流到山下。梯田中还有人工饲养的金鳟鱼、虹鳟鱼，鱼在水中游弋，怡然自得。泉水看似流量不大，但是它是玉水寨所有水的源头。到了山脚，流水已汇成巨流之势，水经过白沙古镇直流大研古镇，成为滋润丽江大研古镇的水源。玉水寨神泉滋润，泽被万千生灵，为这里的人打上灵性、活跃、干净、纯洁的烙印。

最有爱的古镇洗衣亭

沿着小河和荷塘走，每隔一段会有一个别致的、有些岁月的小亭子矗立在河边。远远看到村里的妇人们各自说笑，抱着一盆盆衣服来到亭子中，开始她们的浆洗。这种专用于洗衣的亭子为全国所特有，在和顺古镇共有六座。

这些洗衣亭是最有爱的建筑。古镇的男人们曾经亦士亦农亦工亦商，走四方，挣钱在外，他们为了不让在家里照顾爷孙、洗衣做饭的媳妇被滇西的毒日头晒，就用自己挣来的钱盖起了大大小小的洗衣亭。大小不一、形态各异的洗衣亭，诉说着各自不同的故事，吸引了不少游客在这里驻足观赏。

洗衣亭名为洗衣，这是它主要的功能，但又不止于此。在夏日，妇人们何尝又不可背靠亭子，远眺江水，享受这丝丝凉爽？这些亭子，亲情、爱情，各种情谊积淀，也足以让妇人们时常来到这里，凭借江水寄相思浓情。

古人和今人对爱的表达方式各有差异。古人对爱的表达比较婉约、细致、柔美；今人对爱的表达比较直接、迅猛、真挚。虽然表达方式、形式有所变化，但始终未变的是对家人的情感。

一个杯子一座城之西雅图

15 年前，结束校际交流离开西雅图时，Pat 送给我一个马克杯——这是星巴克咖啡的城市马克杯，杯子上画有西城的典型风貌，杯口还印有"The Emerald City"（翡翠城）的字样。

当年因为经常被 Pat 带去星巴克吃早餐、喝咖啡，被店里的咖啡文化所感染，喜欢上了这个有独特文化的咖啡馆。与 Pat 开玩笑说，回国也开一家类似的咖啡馆。为此，她就把星巴克城市马克杯连同一包咖啡豆、法式压壶一起放进了我的旅行箱。

机缘巧合，这个杯子让我喜欢上了星爸爸的城市马克杯，我到不同的国家、不同的城市都尽可能去星巴克，买一个只有当地才有的城市马克杯。十多年下来，来自世界各地的星巴克城市马克杯装了一大柜子。当然，每次去西雅图，也一定要买一个新版的星巴克城市马克杯。

旅行结束后，时间一长，很多旅途中的人和事都淡化了，但每当看到当时买下的杯子，很多经历过的人和事就会从内心深处不知名的角落里浮现出来。还有一个好处就是，比起很多旅游纪念品，马克杯又便宜又好看又实用，而且杯身上还有浓缩了当地最具代表性的风物，在寻杯子的过程中，也了解、学习了这个城市的地理、历史和文化。

一个杯子，一段旅途，一幅城市的风景画，一个盛满记忆的盒子……

品万般味

包哥哥菜馆的安全感

为庆"双节"，去了朋友推荐的"包哥哥的菜"餐厅。因为早到，所以看到了难得一见的风景——一个帅哥在餐厅的沙发上醋睡，一个美女坐在一旁玩着手机。原来帅哥是老板兼大厨，美女是老板娘。尔后不好意思的大厨忙解释道，由于清晨早起，亲自去市场挑选食材，有点欠觉，所以在开店前就在沙发上睡着了。我忙说睡足了精神好，才做得出最好吃的料理，请继续睡吧。让人大跌眼镜的是，你真的没猜错，大厨又睡过去了。放松才睡得着，看来大厨在餐厅里是有安全感的。美国社会心理学家亚伯拉罕·马斯洛的人类需求五层次理论认为，人的安全需求是一种基本而重要的需求，有了安全感才会有幸福感。大厨一定也是处在幸福中的，不然他不可能睡得着。

餐厅的格调是混搭风，可以看得出老板夫妇的品位，他们把自己喜爱的、收藏的东西都放在了这两层楼的空间里，最重要的是把餐厅布置成他们自己喜欢的样子，然后客人们也喜欢——有个性的灵魂容易招人喜欢！

一到包哥哥的菜餐馆，立马就能体会到马斯洛理论中的"高峰体验"。在美好的环境里更容易体验到这种情感——处于最激动人心的时刻。"包哥哥的菜"让人处于较高的、较完美的、较和谐的状态。

所有的环境、氛围和美好都是铺垫，让我们体验"包哥哥的菜"是终极目标。人们常说，有名气的餐厅一定有一个帅气的主厨，反过来说，帅气主厨做的菜一定好吃。确实如此，前菜有川味开胃，主菜有嫩香的牛排，甜点是把玩当季食材的创意。"包哥哥的菜"有一种让人欣喜若狂、如醉如痴的体验，有一点点销魂的感觉。这些都应该是大厨把安全感、幸福感注入料理的结果吧！在一个优雅、别致、温馨与特别的环境里，人更富有生气、更活泼、更健康，更容易感到幸福。

今天，我们一起为祖国庆生！

好一道"狗浇尿"

这个题目略显不雅，看了以下的故事就知道由来了。

到青海旅游，西宁城中吃晚餐，在餐馆里点菜时大家都嚷着应点些仅在当地才有的特色菜，一本菜单看完了也没有发现什么稀奇的东西。太太有在酒店工作的背景，最后让她来看看，她发现有一道小吃叫"狗浇尿"。就要这个了。忙问服务小姐这是什么东西，她卖关子要我们猜猜看，没有一个人能猜出来是什么。这让我们无限期待，想看看这"狗浇尿"到底是什么，让我们开开眼。在大家的期盼中"狗浇尿"终于上场了。一看，让我们大跌眼镜——原来就是一盘油煎饼。

问当地朋友，为什么有这样一个让人匪夷所思的名字呢？据说是由于宁夏人做煎饼时用的锅特别大，锅台又高，在用小油壶沿锅边浇油时人要趴在锅台上，动作像极了"狗浇尿"，因此而得名。

　　人有时容易犯经验性错误，就像猜"狗浇尿"是什么一样，认为菜名一般是以做菜的原料和方法来命名，而极少是用动作命名的。世界之大，无奇不有，常说人的想象力无边，有时想象力不及事物本身来得精彩。

　　旅游的精彩就在于此。

记忆中的味道

饮食习惯在童年就被固化了，"妈妈的味道、爸爸的味道和家的味道"深深地刻在记忆深处，一旦被激活，就像按下了恢复数据的按键，种种与这些味道相连相通的往事皆涌上心来。

2014年在云南，一个烤红薯勾起了我儿时的记忆。这是用木炭烤的红薯，红薯外溢的香气包裹着暖暖的、幸福的、童年的味道。

现在很多菜馆餐厅都开启了"回忆杀"模式，打起了温情牌。"妈妈的菜馆""姥姥的饭堂""外婆家的味道"，带你穿越回童年。菜馆里的菜名也是千奇百怪，如湖南有的菜叫"妈妈的包包菜""姥姥的鱼头汤""外婆的下饭菜"。这些餐厅有的去尝试过，但真正引人回味过往、让人满意的，却少之又少。一是，记忆中的味道各人不尽相同，它与你的生活方式、风土人情有关。二是，现在记忆中的味道被人滥用了，多了浓厚的商业化气息，少了一些真诚；多了一些私心，少了一些爱心。我想我们的长辈们在烹煮一道美味时，一定还添加了一味专心、完全的真心、毫无私心、满满的爱心。当你把他们烹制的饭菜一扫而光时，你能看到他们脸上洋溢着的幸福的微笑。

现在吃着肯德基、麦当劳长大的一代，他们的记忆中是否还有那种味道和感觉？

一方水土一方人

蒙古高原一年四季大部分时间气温相对较低，牧区的蒙古人体力劳动量大，只有热量较高的饮食才能满足身体的需要。到了草原，具有蒙古特色的早餐一定要去品尝。

蒙古奶茶真是美味之极，它是早餐的开场白！这里的奶茶对蒙古人的重要性就像火锅、麻辣小面之于重庆人，心心念念，难以割舍。

"嚼克拌炒米"也是美味。嚼克应该是牛奶发酵后浮起来的一层厚厚的奶油，用它和炒熟的小米、甜甜的红糖拌在一起，就成了香甜的"嚼克拌炒米"。还有羊肉包子，也不能落下。

奶豆腐更是美味，在吃了后才发现，它看似豆腐，其实是当地的特色奶酪。奶豆腐可谓集奶之精华，营养丰富，蛋白质含量可高达 70% 以上。这种特色奶酪是用牛奶、羊奶、马奶等作为原料，让其充分发酵、凝固而成的食物。奶香浓郁、醇厚，又有一点点爽口的酸。在内蒙古，奶豆腐有很多种，有加入鱼子酱的鱼子奶豆腐，有注入杨梅汁儿的杨梅奶豆腐。

值得一提的是，美食中还有冷肉。没错，是冷肉！冷肉泡到滚烫的奶茶里，奶茶就不烫了，肉也不冷了，适口、适口。

蒙古早餐美味、热量高，食材也是充分利用了当地的特色食材，不尝试定会错过不少惊喜。真是一方水土养一方人。

人的认知是很有局限性的，除非他是外星人。我们只要保持好奇心，尝试不一样的东西，我们的认知局限便会有所突破，化有限为无限。

心心念念曾经的味道

重庆大渡口区得名有近三百年的历史，有一个疑问始终在心头，江北区、南岸区、渝中区等区名来历明明白白，大渡口的"渡口"在哪里？直到去了马桑溪古镇才知道渡口就在这里。

这里是"义渡"的所在地。长江在重庆境内 683.8 公里，有上百个渡口是再正常不过的事了。马桑溪所处的长江江面宽阔，水流平缓，需要过江的人多，在此处设渡口自是顺理成章，但是马桑溪的渡口有一个非常特别的名字——"义渡"。清道光年间，乡绅们捐资购船只并雇船夫，义务推渡众人，用"古道热肠"来形容重庆人真是恰到好处。

渡口在我的记忆里是一个好玩又有意思的地方。我上小学时，到了周末，父母有时会带我们全家到码头乘渡船去城里游玩、打牙祭。后来，席慕蓉写的《渡口》通过蔡琴具有独特气质的嗓音婉转地唱出"渡口旁找不到一朵相送的花，就把祝福别在襟上吧"，更让"渡口"多了一份浪漫。

现在的马桑溪古镇按今人的审美标准和商业需求，打造成了一处休闲观光的场所，商业形态和人气还有提升空间，但是街口的"糖关刀"早早地"俘获"了我的心。"糖关刀"是川东地区的称呼，其实就是"糖画"，它的发源地在四川，以糖作画，深受百姓特别是小朋友们的喜爱，现已广泛流传至全国。作为大叔级别的人去转"糖关刀"，在乎的其实不是滋味，而是为了记忆深处的美好，甜食总是和幸福连在一起的，吃出幸福感也是矫情中的真实。

制作"糖关刀"的小摊在街口略显落寞，没有旁边茶座、小吃摊有人气，但是十元钱玩一次儿时的游戏，尝一口童年的味道也是值回票价了。很想转到"龙"，不仅是"龙"的糖分量多，而且还想看看糖画大叔精湛的手艺。谁知我们运气不好，只转到花篮——最小的一种糖画。不甘心，再转一次，但并没有时来运转，竹刀指在花篮和鱼之间，到底制作什么呢？只有再转一次，十元钱转三次也让我暗自高兴了起来。转转转……

竹刀再次停在了花篮与鱼之间，这是什么套路?！大叔过意不去，直接选了较大的鱼来作画。对手上拿着的"鱼"始终不忍下口，看了许久，最后还是轻咬了一口，口感不算细腻，但是甜得一如既往。同事刘彦君说："眼睛，总想新奇地去看这么大的世界；嘴巴，却还是心心念念曾经的味道。"深得我心。

鼎锅里有慰藉你的汤

暑假是在校学生、老师平常的年中行事，像竹子的节一样，是长高充电的必修课，但对于带薪休假还不那么容易的其他行业人士来说只有羡慕的份了，所以我们一定不能辜负各种美好假期，不然对不起羡慕我们的人。重庆的夏天确实热得让人抓狂，更影响胃口，如果有让胃口大开的食物，那真是谢天谢地。所以，我们更要利用假期离开一日三餐的食堂，好好地到处去吃吃吃！

中国人的交际，很多时候是用食物来传情达意的。游子回家时，亲人首先会问"想吃什么"；朋友见面时，"吃了吗"是最常见的问候语。餐桌不仅是果腹的场地，更是推心置腹的谈话间和咨询室；用最地道的当地美食招待远道而来的客人是地主最真诚的表达方式；最高规格的接待是在家里吃家常菜——妈妈的味道。这种人与人之间的关系用食物来表达一点都不俗气，食物是人与人联系情感的桥梁，是我们传统和文化的产物。

一提起重庆人的早餐，马上就会想到极其出名的小面，这也太狭隘了。重庆人的早餐真是五花八门、林林总总！花卷、馒头、油条、豆浆、油茶、醪糟汤圆随便选。更有趣的是，由于以前交通阻隔，不同的地域演绎出具有不同地方特色而被当地人爱到骨子里的早餐，如万州的面、云阳的包面、垫江的豆花饭、荣昌的羊肉汤……

今天，我们的早餐不要小面，不要爆款，不要"网红"，而是去合川吃鼎锅肥肠汤。这是一碗在暑天里能慰藉你身心的汤。

老板娘温婉，没有多余的闲话，在只有 9 张小桌子的店里忙进忙出。早上 5 点过就开卖，到上午 10 点左右结束，中午再开张，这一碗汤也成了许多人的午餐，直到下午两点打烊，才结束一天的买卖。

早餐"肥肠汤"的标准配备是一碗白米饭、一碗肥肠汤、一碟蘸水调料和一碟自家咸菜。用合川人的说法就是肥肠汤下毛干饭！白米饭是硬硬的甑子饭，不过小店里就有米汤，客人可以免费随便喝。蘸水调料是香香的秘制油辣子调料，重点是肥肠汤，肥肠软而不烂，绵糯且有咬劲，没有一星半点异味，汤汁洁白、味鲜浓郁，因为加入了养身配料，有一股淡淡的当归奇香。一块肥肠蘸上油辣子，一口毛干饭再就着一口汤，神仙的日子也不过如此。

"猪下水"在不缺钱的人的眼里，真心是摆不上台面的东西，米其林星级餐厅里更是闻所未闻。一份鼎锅肥肠汤就 22 元钱，毛干饭、米汤随便免费添加。一同去的小牛因为肥肠蘸上油辣子太好吃——真是饭遭殃，他吃了两碗毛干饭，然后告诉我，他决定不吃午饭了。其实，"肥肠汤"是平民的料理，把猪下水料理成美味应该是对付"我没有钱"的智慧吧！

鼎锅肥肠汤绝对是值得你顺路去吃早饭的美味小店，在暑天，这碗汤一定能慰藉你的胃和热得无力的身体。

黄玉一样的凉粉

古称"昌州"的荣昌，因宋代"天下海棠本无香，独昌州海棠香气扑鼻"而雅称"海棠香国"。每年春天海棠花开的时候，满城的粉色在细雨的包裹下似梦也幻，荣昌此时温柔而内敛，很难想象这是一座有着张扬美食的小城。

热腾翻滚的羊肉汤、油光水滑的卤白鹅、汹涌密集的炒鱼蛋、豪放大块的铺盖面……光听这些美食的名字，一定会让人有跑掉鞋的冲动，流着口水到荣昌去大快朵颐，胖三斤也在所不惜。

秋冬的棠城，树叶开始泛黄，夏天的暑气已消失殆尽，这个季节本不是凉粉的主场，但是麻辣鲜香的黄凉粉在荣昌不分季节，一直是本地人的乡愁的味道。从外地回来的打工者，一进城首先要来两碗而不是一碗黄凉粉，直到凉粉入胃看到底朝天的碗，到家的感觉终于真实起来。远嫁香港的荣昌妹子，回娘家后定会打包一整块盆形的凉粉和一大包调料，带着返程。在湿热的城市里把凉粉放入冰箱，每天切下一碗，慢慢品味，完全不在乎凉粉已有些许发硬，只想让家乡的味道陪伴自己更久些。这就不难理解黄凉粉卖得最好的时节是春节了。

荣昌的每个街角小巷都有卖黄凉粉的店，问当地人哪家最有名，就像"一千个人心中有一千个哈姆雷特"一样，每家店都有拥趸。

在当地工作的朋友带领下，我们找到了从南门桥搬到护城河边的一家路边摊"李氏凉粉"，没有招牌，没有门店，只有一方摊位和五张桌子。老板娘清爽干净，她自豪地说她卖凉粉已 30 年，而这个店是从卖凉粉卖了 50 年的婆婆手中接下的，这凉粉的历史足以教人还未吃就先肃然起敬。儿女已有别的工作，没有接这门手艺的意思，老板娘也不靠这个摊子吃饭，不高兴时就不出摊。好担心未来的某天，荣昌会少了一家美味而有历史的黄凉粉店。

黄凉粉的"黄"来自原料豌豆的颜色，越是好的豌豆做出来的凉粉越黄，在料理台上泛着黄玉般的色泽。

老板娘从一大块盆形凉粉上片下三片，切成筷子般粗细的长条，没入碗中。精彩的表演到了，她左手揣起两碗凉粉，右手一把小勺从 13 种不同的调料缸之间行云流水般地舀出各种调料放在凉粉上，花椒、海椒、酱油、醋、麻油、芝麻……不一而足，最后撒上翠绿的葱花，一碗荣昌黄凉粉就大功告成。

看似简单的操作，其实调料分量拿捏得当才是一家黄凉粉店站得住脚的关键，这全靠"感觉"，用重庆话来说就是老板娘"会打佐料"。

凉粉上桌后客人只需把各种调料拌匀，余下就是品味了。黄凉粉软糯又略有嚼劲，各种调料在舌尖上层层叠叠地炸开，酱汁的咸鲜、芝麻的焦香、花椒的婉转，油辣子的刺激，各种味道的旅程就这样开启……一碗黄凉粉能让你充分领略美食的乐趣和魅力。

四元一碗的黄凉粉，看似普通，其实包含了多少用心、努力和坚持。一座城市的文化，就是由这些看似不起眼的事物组成的。

砂锅江湖中的胖砂锅

儿时，妈妈有一道菜叫酸菜胡豆瓣汤，在酷暑胃口不好时是全家消夏开胃的佳肴。这道菜食材简单、料理方便，先把切碎的老坛酸菜放在油锅里翻炒出香味，然后加入清水，放入去皮的胡豆（蚕豆）烧煮，汤汁浓郁咸鲜，豆瓣开花软烂，想想都要流口水。

妈妈做的看似一道简单的菜，准备起来也较费劲，主要是要给干胡豆去皮。头一天夜里用足够多的清水把干胡豆泡上，第二天胡豆吸饱了水分便会膨胀，豆皮变软，然后一粒一粒用手剥去。去了皮、吸饱了水分的胡豆像一个个小白胖子躺在瓷碗里，煞是可爱。帮妈妈剥胡豆皮是我最不愿做的一件事，单调、重复又乏味，但是一想到有浓香的酸菜胡豆瓣汤在等着我，又有了坚持剥下去的动力。

在大渡口区的"胖砂锅"店里居然吃到了这道菜，没想到在寒冷的冬季，这道菜也是佐餐的妙品，还勾起了我对几十年前"妈妈的味道"的回忆。此刻，面对砂锅里的酸菜胡豆瓣汤，我脑子里闪现的是"没有随随便便的成功"。

"胖砂锅"的名字让我好奇，是什么来头？原来这家店在创业初期是路边摊，创始人是一个体重近两百斤的胖男人。由于是做砂锅料理，在人们口中就有了"胖砂锅"的名号，现在的老板是胖男人的妹妹，但不再是路边摊，而是有门店的餐厅了。

这家店成为现在的样子，是老板坚持 25 年的结果，从当时胖男人的妹妹怀孕还挺着大肚子洗肥肠，到现在她说起往事时的轻描淡写；25 年前肚子里的宝贝，现在已是站在吧台后面帮妈妈打理餐厅事务的美女，无不证明"坚持就是胜利"，这家店的成长经历是很好的励志故事。

酸菜胡豆瓣汤一定是要点的，但是 25 年来成为"经典"料理的砂锅菜，一个也不能少。首先上桌的是砂锅牛筋，色泽油润红亮，口感软糯，微辣鲜美。这道菜用土豆打底，土豆在牛肉汁和红油的浸润下，滋味丰富，软而不烂，咬着有"翻沙"的感觉，一定不要吃了牛筋忘了土豆。

接下来出场的是砂锅肥肠，上桌时浓稠的汤汁在砂锅里"咕嘟咕嘟"地冒着热泡，一幅隆冬温暖人心的画面。肥肠绵软有嚼劲，肥而不腻，鲜美无腥味，是一道让人惊艳的重庆江湖菜。在重庆多如牛毛的肥肠料理江湖里，"砂锅肥肠"必占重要一席。

陆续登场的有砂锅美蛙、砂锅四素、砂锅耗儿鱼、砂锅海蟹。还想点砂锅粉丝鳝段，老板娘劝我们不要再点了，吃不完浪费。只好作罢，下次再去吃没吃到的"经典"砂锅料理。

走出胖砂锅餐厅，牛毛冬雨在夜里悄无声息地下着，风有些冷，但是心满意足。感谢温暖和治愈我们的美食和美食后面坚持的料理人。

颠覆认知的合川肉片

在阆中遇到"草船借箭"——这是一道菜，菜名很符合"三国"历史之地的味道，但是看到菜单却是一头雾水，在菜上桌之前你绝对想不到自己会吃到什么，很是佩服菜式设计者的智慧。

记得好多年前在青海湖边，在菜单上看到"狗浇尿"，好奇心让服务员妹妹先不要告诉我们是用什么东西做的，猜猜猜！菜上桌了后，我们大失所望——原来就是一盘油煎饼。轰隆隆作响的十万个为什么？答案是煎饼的铁锅很大很大，厨师浇油的动作完全符合这道菜的名字。菜名不是原料，也不是菜的味道和形状，而是料理的动作，它颠覆了菜名命名的传统。

炒肉片是很多餐厅菜单上的常客，青笋炒肉片、木耳炒肉片、青椒炒肉片，不一而足，在重庆还有水煮肉片。这些菜的肉片都是刀工各异地把肉切成一片一片的，上桌时看到的是闪着油光的完整的一片一片的肉，常常听到的评价是这肉片好嫩！

合川肉片真的是炒肉片吗？可能有人认为合川肉片与木耳炒肉片一样，只不过是合川厨师炒的而已。

真相永远不会这么简单。

12年前的夏天，我们一大家人去合川涞滩古镇游玩，在一个名叫"钜鹿"的家庭经营饭馆里吃午餐。印象深刻的是老板一家和蔼可亲，桌子擦得干干净净，还露出了清晰的木纹，他家还有合川肉片，也正是这顿饭，让我知道了合川肉片不是我认知中的炒肉片。

先把瘦肉剁成肉糜，加入鸡蛋、豆粉等搅拌，调味后摊成薄皮，上笼隔水蒸熟，切片，油炸，然后才是炒肉片的操作，这时的肉片已不是我们常见的完整的肉——片！由于时隔太久，滋味已经模糊，但是合川肉片却不一样地留在了记忆深处。"钜鹿"别来无恙？

利用寒假又到合川，来一场与合川肉片的"邂逅"，这次由三洋大酒店的陈大厨为我们展示炒合川肉片的魅力。大厨开始还有些小紧张和害羞，真正开始料理时，他就显得气定神闲，行云流水般完成我心心念念一道别样的炒肉片。他没有剁肉，而是将切成指甲大小的薄肉片调入鸡蛋中，再加入豆粉和调料，搅拌均匀后直接下热锅摊成一大块薄饼，加入热油炸酥，分割成片，起锅滤油后再进行炒肉片的操作，一大盘合川肉片旋即上桌，但是没有肉——片！看到的是一盘有着琥珀色酥脆的小饼，食指大动。

不一样的形态，不一样的味道，酥脆微辣，肉香咸鲜，特别的是，在这些味道的带动下，有一股淡淡的荔枝味。对！荔枝味才是合川肉片的标签和精髓。在涞滩古镇前已模糊了的合川肉片的滋味一下子又被唤醒——荔枝味。我见证了在整个烹炒过程中没有加入任何与荔枝有关的食材和香料，真是颠覆了我对炒肉片的认知，答案尽在大厨的手艺上。

涞滩古镇"钜鹿"吃到的合川肉片和三洋大酒店陈大厨展示的合川肉片虽然在做法上有些许不同，但本质未变，结果都让我尝到了荔枝味。

　　其实，一道菜不应被一些套路所束缚，而应在传统的基础上有所发展和变化，不仅仅是料理，"变"才是"不变"的真理。

牛奶遇到姜汁不一定是姜撞奶

俗话说"食在广东，厨出凤城"，凤城指的是顺德，顺德是出厨师的地方，当然的美食之城。顺德的美食多如牛毛：伦教糕、烤鹅、蜜汁叉烧、凉拌鱼皮、凤眼果焖鸡……这次去到顺德，心心念念的是双皮奶。

双皮奶现在遍布广东、澳门、香港等地，以水和牛奶为原料，做好的双皮奶盛在青花小碗里，是洁白如凝脂一样的膏状物，端上桌时，整碗奶都颤颤巍巍的，很是可爱。双皮奶奶香浓郁，口感细腻嫩滑，味道甜香，清淡不腻，是一种广受欢迎的粤式甜品。

另有一"变种"双皮奶——姜撞奶，把姜汁放入小碗中，冲入温热的水和牛奶，一分钟后姜奶混合物凝结，两分钟后就可开吃了。姜撞奶不仅有双皮奶一样的口感，更多了姜的风味，味道比双皮奶更清爽，层次更丰富、更特别。

顺德大良镇是双皮奶之乡，有很多有名的专门做双皮奶的店，我们去了金榜街上的"老街坊"双皮奶店。这是一个家庭小店，室内四张小桌子，门外巷边还有一张桌子，这家双皮奶小店很有名，我们在店里的这段时间，一直有"粉丝"进进出出。店主陈爷爷夫妇很热情地接待了我们，不仅为我们端上美味的双皮奶，还为我们演示了姜撞奶的做法。

　　由于中午的顺德美食吃得太多，下午茶时间一碗双皮奶和一碗姜撞奶下肚，真是十分饱胀而满足，9元钱一碗的双皮奶和姜撞奶真是物超所值。

　　同去的小伙伴在走出小店时说回家后一定要做姜撞奶——做法简单又美味。说干就干，回到重庆的当天晚上就开始动手。用破壁机做好姜汁，按陈爷爷演示的方法，将牛奶倒入小碗中，等两分钟、三分钟……等了15分钟，牛奶也没凝结。小伙伴说下次去金榜街一定要让陈爷爷喝两瓶酒，看能不能得到做姜撞奶的秘方。

不成功是小伙伴没有得到做姜撞奶的"工具"。"工欲善其事，必先利其器。""工具"也许是具体的器物，但很多时候也是观念、是路径，是思考问题的方法。

有时候"工具"虽然简陋、粗糙，但是很管用。小时候吃核桃，最有趣的去壳方法不是用钉锤敲，那时也没有胡桃夹子，而是用门来夹，把核桃放在门的铰链处，用力把门合上，但又不能把门完全合紧——这是一个技巧，一声巨响，核桃壳碎开，桃仁完美脱出，桃仁自然就成了口中物。这时，吃不是最高境界，听那一声一声的响才是莫大的享受。当然，妈妈比较反对这一操作，因为门容易坏。现在超市有大量核桃仁卖，不过少了用门作"工具"获得桃仁的乐趣。这就是选对了"工具"，事半功倍的好例子。

有一种抄手叫包面

说到馄饨，中国人都知道是什么。在广东，因为馄饨的粤语发音是"wontan"，所以就变成了"云吞"，而且还幻化出了"云吞面"。不管叫什么，其实就是用薄面片包上馅做成的一种煮熟连汤吃的食物。没有见过馄饨的人很少，但是初来重庆的外地籍大学生，看到菜单上的"抄手"，也许不知道食堂要卖什么。其实，在川渝地区，馄饨就变成了"抄手"！

无法考证为什么馄饨变抄手？一说是馄饨像极了怀中抄手的样子；二说是煮馄饨的方法很简单，投入沸水中，抄手片刻就煮好了。这些说法可能都有些牵强，管他的，好吃才是硬道理。

但是，怪我见识有限，到了云阳才发现抄手又变成了"包面"。大吃一斤，不！大吃一惊。结果发现，长江万州以下的地区，包括湖北等地都称馄饨为"包面"。不难理解，就是用面包住馅。

在樱花盛开的季节来到云阳。绝没有搞错，云阳也有一条沿江的樱花大道，樱花如粉云一样妖艳地存在于云阳的长江边。重庆郊区县的城市建设最近几年真是突飞猛进，让人感觉整个重庆都变得这么美了。言归正传，早晨，我也像云阳人一样，找一家早餐店，吃一碗包面，开始能量满满的一天。

"包面王"的店址不在街边，而是在一条斜斜的巷子里，这样的门店，如果味道不好，生意是很难维持的。这家店开了 21 年，原来在老县城，三峡工程建设后，老县城没入长江中，"包面王"才搬到现在的地方。"包面王"是一家夫妻店，老板姓王，店名取得真好，比"王包面"不止好十倍。老板娘负责接待、算账，还要包抄手，麻利地三秒钟包一个，转眼间一筲箕皮薄馅鲜可爱的抄手就从她手下流出。在我的记忆里，买抄手一两 10 个，而在这里是用秤称，对夫妻店而言这是提高劳动生产率的好方法，分量来得精确又童叟无欺。

抄手要讨人喜欢必定皮薄馅大，但在肉食容易得到的今天，皮薄一定是要的，馅大并不是必然选择，皮与馅关系的和谐才是正确方向。煮熟的抄手软硬适度，乖巧可爱，看到就想亲一口。当然，汤底作料是否用心，客人是感受得到的。在小店里汤料有四种选择：清汤、酸辣、麻辣和山胡椒。最显功力的是清汤抄手，一定要点一碗，长时间熬煮的高汤清透，味道鲜美，特别是一大把小香葱加入其中，香葱在滚烫的高汤中熟化，葱香融进汤中，又并不抢汤的香，还增添了别样的风味。翠绿的小葱，点缀在幼白的抄手上，又好吃，又好看，有一种翡翠、白玉争宠的感觉，口味喜葱的人又有福了。

酸辣、麻辣是大众川渝味，但油椒子海椒是特别秘制的，特色是微辣不燥，突出的椒香，口感十分细腻丰富而不失个性。要隆重推出的是山胡椒味的抄手。山胡椒在有些地方也称木姜子，樟科，属落叶灌木或小乔木，具有祛风活络、解毒消肿和止血止痛的药用功效。以山胡椒油作调料，风味也十分独特，第一次尝到的人可能无法马上就爱，但多吃几次就会被它的味道所吸引。由于重庆主城很少有用山胡椒来作调料的餐厅，所以去到云阳，一定要来一碗山胡椒味的包面，让你开启不一样的舌尖之旅。

毛泽东主席在 1937 年写的《实践论》里说过："你要知道梨子的滋味，你就得变革梨子，亲口吃一吃。"要想知道云阳人口中"包面"的滋味，也一定要亲自去尝一尝。

妈妈的味道就是家的味道

知识准备：汉菜，属于苋科，其实就是苋菜，川渝地区将苋菜读成"汉菜"的原因是这些地区的方言保留了古汉语的语音特色，汉语古音中"苋"的发音接近于"汉"。苋菜分白苋、赤苋、紫苋、五色苋等数种。

儿时，初夏，汉菜上市，大火、热油、蒜瓣成就了一盘炒汉菜。透着阳光的清香味道已不是重点，盘中菜底的汤汁才是让我流口水的美味，汤汁浇在如玉似雪的米饭上，像魔法师的法力棒点上了饭粒，顷刻间米饭被染上了紫红色，心也跟着雀跃起来，一桌平常的家常饭菜马上变得珍奇美味，由此多吃几碗饭也是常有的事。那时物质匮乏，一碗染成紫红色的米饭一直是妈妈的味道、是家的味道，是儿时最为温暖的记忆。

今年，初夏，又看到这一碗紫红色的饭，忽然想吃爸爸妈妈烧的菜。这事不能提前太久告诉他们，不然他们会提前很多日开始准备。只需提前一天告诉他们，第二天中午就能吃到心心念念的妈妈的味道。糖醋排骨、糯米圆子和粉蒸羊肉，现在想起来也会让唾液分泌旺盛。这些菜也许品相不够完美，摆盘也没有多少艺术范儿，但绝对是我最想吃的美味佳肴——家的味道。可能酒楼的糯米圆子做好后，上桌前会撒几粒翠绿的葱花，又好看又好吃，但我家是不吃生葱家族，妈妈会把葱花调入糯米圆子里，然后上笼蒸熟，这样糯米圆子既有葱香味但又没有生葱的刺激。这就是为什么各家的妈妈菜都是那么个性十足，千家万味，魅力无限。现代人追求味蕾的极致新鲜感，但是味觉也很容易疲惫，妈妈的味道是一味麻木味蕾很好的安抚剂。

我家冰箱冻室里几乎不会断了饺子，那是年迈的父母料理好放进去的，是为了让我们忙碌了工作回家后，没时间煮饭烧菜时，可以快速地煮一盘像元宝一样美味的——馅里有肉有菜的饺子吃。父母为了让孩子们的口腹不受委屈真是不遗余力。

几乎每天中午都能看到一个爸爸，拎着一大包各种保温饭盒，在没有重装的北园食堂等着女儿下课，用妈妈的味道喂饱女儿一上午上课后饥饿的胃，用亲情安抚孩子备考紧张而疲惫的心。这是把爱融入了味道里，这是家的味道，这是可以让焦躁的心平静的味道。现在南园食堂和重装后的北园食堂在饭点前，总会看到长辈们送饭的景象。

　　其实不是食堂的饭菜味道不好、营养不够，而是为了陪伴，为了把爱融入味道里，这时食堂空气里弥漫着亲情的味道。是爱的力量，让妈妈成为厨界高手，打造了家的味道。每当看到这些，内心一下就变得柔软了。遇到熟悉的家长，告诉他们不用送饭菜来食堂，孩子的营养没问题，家长们总是浅浅地一笑，露出幸福的样子。

　　以后，孩子们不管走到世界的哪个角落，家的味道都会伴随着孩子的一生，妈妈的味道、家的味道会化为孩子的血肉筋骨和勇敢的心，并终将成为他们抵御人生风雨的利器。每个人心房里都有一个小角落，是留给妈妈和家的味道的。

　　什么是美食？美食不能独立于心境之外，心境决定味蕾的选择，美食是让人念想的食物吧！

油月

10元4个3元1个

巴西烤肉 帅气的小哥哥，概不出售

↖ 哈尔滨的马迭尔 / 越冷越吃冷，这是北方的智慧

← 西式风格的日式餐后甜点 / 灵魂是本土红薯

↑ 汉堡的香煎鳕鱼 / 味道很"中国"

山上的一杯咖啡 对着少女峰喝一杯咖啡，不是咖啡控最大的福利

云南白沙古镇 / 与喜欢的人在一起，粗茶淡饭也是盛宴

坚持，让我吃了臭豆腐

南开校友总会每年都会组织"南开校友总会理事会（扩大）会议""南开全球校友会会长论坛"和"南开系列学校校长圆桌会议"，2019 年的会议在周恩来校友的祖籍地——绍兴召开，时隔 20 年，我又来到了有两千五百年历史的名城。

下榻的酒店比邻仓桥直街，晚饭后到这个古老的巷子里散步是一个不错的选择。初夏的微风不燥，游人也不多，白墙上还开满了蔷薇，但是烟火气息扑面而来。靠近状元府餐厅的一个小门店前，路过三次，始终有人在排队，打听才知道是一家专卖油炸臭豆腐的店。一直以来，臭豆腐不在我的食谱里，色香味俱佳才应该是美食的标配，臭豆腐天生缺一门。

但是，世界之大，无奇不有。在食品上嗜臭，也是人类美食历史不可分割的一部分。近有中国的虾酱、臭鳜鱼、臭豆腐和臭咸鸭蛋等，远有日本的纳豆、欧洲的蓝纹奶酪、瑞典的酸鲱鱼罐头……人的舌头上有感知酸、甜、苦、咸、鲜五种味道的味蕾，臭却是嗅觉感知的。蛋白质是人体必需的营养之一，蛋白质腐败、发酵和水解后可以得到氨基酸，也伴有硫氢化物和氮氢化物的产生，这些就是臭味物质。谷氨酸是鲜味的提供源，我们的舌头会感到它的鲜，让大脑意识到有蛋白质入口了，我们就大快朵颐，而伴随的臭味也成了这个过程的副产品。有臭味就有鲜味，有鲜味就有蛋白质，有蛋白质就有好食物，好食物是保证人类生存的基础，所以臭味就嵌入了人类的美食记忆中。人类嗜臭，也就有了物质基础的支撑。

小店真的太小，连个名字都没有，招牌就是从店里飘出来的臭味。店主也就是厨师——葛姓大叔，他说这臭豆腐一炸就是 20 年，从一个鲜肉小哥哥炸成了一个中年大叔，从他拿料理筷的手的样子，可以看到这个工作不容易的端倪。巷子里卖炸臭豆腐的小店有好多家，客人大排长龙的小店就只看到这一家，这是"一生只做一件事"的活教科书。在我们的文化里，坚持的理由是做一些轰轰烈烈的大事，其实不管大事小事，要做好都必须坚持，而且小事更不容易坚持，因为"事小不为"是很多人固有的思维模式。葛大叔告诉我，他的小店上了《风味人间》，在第四集。要把臭豆腐炸好，炸得客人大排长龙，炸到电视片里，也只有坚持才能做到。

这么励志的臭豆腐，不吃？不吃真是不应该！排队吧！五元钱一份，手机支付，三种酱料随便添加。炸臭豆腐入口，有不太浓烈的臭味，外焦内软，鲜美可口。加辣酱，酱料的小辣，让这臭豆腐向重口味又迈进了一大步，重口味"患者"有福了。想知道葛大叔臭豆腐的滋味，你来绍兴尝一尝就知道了。

在卢赛恩遇到米其林大厨

　　在卢赛恩湖旁住已是很幸运了，得知酒店里的餐厅是米其林厨师主理是不是太幸运了？可是这种餐厅要提前预约，否则就没位子，但运气有时不期而至，我们可以在厨房用餐——厨房里有一张大大的桌子，还可以近距离看到厨师们工作。

　　主厨的来头可大了，年仅 34 岁的 Nenad Mlinarevic 被 *Gault & Millau* 评为"2016 年度最佳厨师"，成为有史以来最年轻的 *Gault & Millau* 获奖者之一。他还是 IWC 万国表全新品牌的最新形象大使，那必定是颜值爆表的米其林大厨。Nenad Mlinarevic 态度亲切、温文优雅，特别是右臂上各种食材的刺青和他非常酷的工作气场再搭配不过了。

　　其实在米其林餐厅用餐，食物肯定是一级棒的，但是更享受的是用餐氛围和超级贴心的服务。每道菜服务生都会介绍食材、烹调方法和食用技巧，以及如画的摆盘，这时用餐本身已不太重要了。

因为是在厨房用餐，所以除了服务生的服务外，主厨、厨师们都来为我们服务，他们为我们介绍厨师、介绍餐厅、介绍食材，还亲自为我们浇淋各种酱汁。我们还到炉子旁，动动炊具、摸摸灶台，还和爆帅的主厨照了张相。

在大厨、美酒的陪伴下，我们一共花了三个小时用餐，餐后还有小礼物和一本美食护照，记录下当天的食谱、主厨的签名和餐厅的介绍文字。

一切都很完美，完美得让人感叹，米其林厨师和餐厅的存在是为了让人们好好地生活。其实我们所有人一辈子的事业，都应该是为自己、为他人好好生活。

美式早餐

下榻酒店的早餐太难下咽，于是决定离开休斯敦那天一定要到外面去吃一顿当地正宗的美式早餐。不熟悉周边的状况怎么办？没关系，现在手机上的 APP 基本能满足日常生活中所需的各种信息。一查，一家叫 Harry's 的希腊餐厅映入眼帘——既距离不远又是五星评价，就是它了。

希腊餐厅提供的基本是美式风味的早餐，只是老板看起来像来自希腊的绅士。我就点"厨师长推荐"，这是经验，一般都好吃得八九不离十，屡试不爽。餐品一上桌，真让我大吃一惊——分量太足，有牛肉、煎蛋、煎饼和牛油果沙拉……典型的美国人分量，看来午饭也节省了，一天只吃两顿饭完全没问题，而且真的很美味。更重要的是，吃一顿早餐让我享受了餐厅的服务，还领教了五星餐厅中可迁移到教育教学上的一些理念。

※ 直接进餐厅是不行的，一定要有服务生来领座，服务生安排坐什么地儿你就坐什么地儿，讲规则、守秩序是环境气氛友好的根本原因，当

然对服务生提出对座位的偏好要求也是会被满足的。

※ 服务生个个都是面带笑容的。

※ 服务是专业的，至少看起来像是专业的。要表现得友好而敬业，让被服务对象安心接受服务，用户体验一定是温馨的。在人们的通常认知中，专业人士是经过长时间的学习及训练的，拥有自我约束的职业操守，让这种人为你服务，感觉物超所值。

※ 安民告示要早点发出。如果不事先约定，客人上门吃了闭门羹，对餐厅的体验可能会给"差评"。

※ 在用餐过程中，绅士老板来到桌前聊天，聊得高兴时，老板请我们把桌子往中间挪动一下，让靠我们桌子的过道更宽些，方便服务生传菜，

几乎是在不经意间完成了一系列动作。如果他直接上来就让挪桌子，肯定顾客体验会大打折扣。"接受了你才会听你的"正是我们与学生打交道的"不二法则"。

　　吃个美式早餐，值回票价。

到萨尔茨堡，喝一杯莫扎特

萨尔茨堡音乐节（Salzburger Festspiele）的前身是莫扎特音乐节，它创立于 1920 年，名声显赫，是全世界水准最高、最负盛名的音乐节，也是欧洲三大古典音乐节之一。所以对古典音乐爱好者来说，萨尔茨堡是朝圣之地。

当耳边响起《雪绒花》《哆来咪》等歌时，脑海里一定有一些影像会浮现出来，其中一定有萨尔茨堡，因为电影《音乐之声》的拍摄地就在萨尔茨堡；指挥家赫伯特·冯·卡拉扬的故乡也是萨尔茨堡。更重要的是，音乐神童莫扎特也是出生在萨尔茨堡，而他短暂的一生中超过一半的岁月都是在萨尔茨堡度过的。他的故居就在萨尔茨堡老城区里，每天都有无数的粉丝来此朝圣，都想看一看这位四岁就出名的音乐天才生活的地方。

1890 年，萨尔茨堡的宫廷糕点师发明了一种以开心果、杏仁糖、生轧糖和黑巧克力为原料的巧克力球，并以萨尔茨堡之子——莫扎特的名字命名。他们在包装纸上印上了莫扎特的头像，大小商店都有销售，所以萨尔茨堡满街都是莫扎特。

我这个音乐、咖啡爱好者，对莫扎特故居对面的莫扎特咖啡馆情有独钟。店招很莫扎特，门脸不大，但有莫扎特就有了吸引力。沿着楼梯而上，大红色的店堂很古典，有浓浓的音乐气息，丝绒的座椅柔软而舒适。一看菜单，果断点了一杯莫扎特咖啡，厚重的鲜奶油覆盖在浓咖啡上，再洒上少许肉桂粉，尤其特别的是在咖啡里还加了一点叫莫扎特的酒，咖啡喝到最后感到有一丝特别的酒香。在萨尔茨堡一定要喝一杯莫扎特咖啡，不然不算到了这个音乐之都。

莫扎特的音乐装点着我们的生活，过去、现在和将来，他的音乐让我们充满喜悦。音乐是反映人类现实生活情感的一种重要艺术形式，在萨尔茨堡让我更相信科学使人走得稳，艺术让人行得远。

到一座城，一定要吃顿早饭

到一座城，吃顿当地的传统早餐是我的习惯。在简单的早餐店里既能品尝到当地美味，更能了解当地的习俗、文化。

因为工作关系，一年里总有到天津的机会。简单的早餐也让人觉得舌尖上的天津不是浪得虚名。一定要点煎饼果子。看到老板娘熟练地操作，有一种很强的带入感，心无旁骛。还要点牛肉烧饼，这可是 2018 年的中国名小吃。还有在清真餐厅里叫"菱角汤"的牛肉抄手，这个名字也丰富了馄饨叫法的名称库。还有卤蛋，用卤过牛肉的卤汁卤制后，剥掉鸡蛋壳，再用古巴红糖熏制，入口有淡淡的烟熏味。老板娘的介绍真是惊到了我——一颗卤蛋也这么大费周章。她本不想麻烦做这道菜，可是老顾客们都还想吃，只得坚持了。

做食物没有感情，食材不能变成美食。

图书在版编目（CIP）数据

格物致知：一位中学校长给青少年的三门人生课 /
田祥平著. -- 重庆：重庆大学出版社，2020.5
（艺书+）
ISBN 978-7-5689-2011-7

Ⅰ.①格… Ⅱ.①田… Ⅲ.①散文集—中国—当代
Ⅳ.①I267

中国版本图书馆CIP数据核字（2020）第016163号

艺书+

格物致知：一位中学校长给青少年的三门人生课

GEWU ZHIZHI
YIWEI ZHONGXUE XIAOZHANG GEI QINGSHAONIAN DE SANMEN RENSHENG KE

田祥平 著

策划编辑：张菱芷　　责任编辑：刘雯娜
书籍设计：胡靳一　　摄　影：田祥平
插　画：裴昌龙　　录　音：一泽
责任校对：张红梅　　责任印制：赵晟
*
重庆大学出版社出版发行
出版人：饶帮华
社　址：重庆市沙坪坝区大学城西路21号
邮　编：401331
电　话：（023）88617190　88617185（中小学）
传　真：（023）88617186　88617166
网　址：http://www.cqup.com.cn
邮　箱：fxk@cqup.com.cn（营销中心）
全国新华书店经销
重庆新金雅迪艺术印刷有限公司印刷
*
开本：787mm×1092mm　1/16　印张：14.75　字数：194千
2020年5月第1版　　2020年5月第1次印刷
ISBN 978-7-5689-2011-7　定价：58.00元